我站立的地方是高原

张万平 著

图书在版编目（CIP）数据

我站立的地方是高原 / 张万平著 . —太原：山西人民出版社，2020.5
ISBN 978-7-203-11389-8

Ⅰ . ①我… Ⅱ . ①张… Ⅲ . ①诗集 – 中国 – 当代 Ⅳ . ①I227

中国版本图书馆 CIP 数据核字（2020）第 064552 号

我站立的地方是高原

著　　者：	张万平
责任编辑：	史美珍
复　　审：	赵虹霞
终　　审：	姚　军
装帧设计：	博雅图文

出 版 者：	山西出版传媒集团·山西人民出版社
地　　址：	太原市建设南路 21 号
邮　　编：	030012
发行营销：	0351—4922220　4955996　4956039　4922127（传真）
天猫官网：	https://sxrmcbs.tmall.com　电话：0351—4922159
E—mail：	sxskcb@163.com　发行部
	sxskcb@126.com　总编室
网　　址：	www.sxskcb.com

经 销 者：	山西出版传媒集团·山西人民出版社
承 印 厂：	山西出版传媒集团·山西人民印刷有限责任公司

开　　本：	890mm×1240mm	1/32
印　　张：	7.875	
字　　数：	168 千字	
印　　数：	1—800 册	
版　　次：	2020 年 5 月　第 1 版	
印　　次：	2020 年 5 月　第 1 次印刷	
书　　号：	ISBN 978-7-203-11389-8	
定　　价：	68.00 元	

如有印装质量问题请与本社联系调换

自 序

2018年秋天,我参加了一个葬礼。朋友父亲仙逝,享年91岁。当地习俗,超过90岁就是"老喜丧"。因而朋友一家倒没多少悲伤,家人各干各的,有序准备葬礼。

老人遗体先在火葬场火化,再将骨灰盒送往墓地安葬。墓地在晋中东山上。送葬的车队在高原上行驶,辽阔的黄土高原一望无际。

正值深秋,遍地是丰熟的庄稼,一片金黄的谷子地闪到车后,火红的高粱展现出来。谁家种了这一洼高粱,沟里、梁上红红的连成一片。沉甸甸的高粱穗了在秋风中摇头晃脑,像一群顽皮孩子,你挤我一下,我碰你一下。

车队一直往高处爬,拐过一道弯,再上一道大坡,就该是墓地了。忽然,山上传来唢呐声。那唢呐声悠悠的,凄凄惨惨的,一下子就抓住了我的心。唢呐声顺着山坡滚下来,淹没了沟沟坎坎,淹没了我。古仁人"不以物喜,不以己悲",我是做不到了,我在雄壮的高原面前雄壮,在悲伤的唢呐声中悲伤。

墓地在一处高地,人们挖土的挖土,搬东西的搬东西,忙忙碌碌。雇来的乐队一首接一首演奏着曲子。所有乐器里就数唢呐最响亮，最入耳入心。吹唢呐的是个留短发的年轻后生，两腮鼓气，摇头晃脑，唢呐声便从闪亮的喇叭里飞出来。那声音高高低低，高则声音飘到天空，像轻风，像云絮。低则汩汩滔滔，漫向天边，如抽泣，如哭诉。

站在高处远望，古老的黄土高原莽莽苍苍，绿的绿，黄的黄，红的红，五彩斑斓。轻风拂面，田禾的香味扑鼻。一座山丘连着一座，浪涛一样翻卷着，一层一层。望着望着，高原仿佛在涌动。

我的高原就是活生生的大海啊！

我生长在黄土高原山沟里。曾不止一次爬上家乡最高的山顶，尽情望远，我想看到大海。直到1989年去了一趟北戴河，我第一次真正看到大海。蔚蓝的大海波涛汹涌，浪涛把我的心涌到远方，涌到了天边。

今天站在这里，我把高原读作大海，把我的全部情感交给高原，交给生命的大海。

田地里有劳作的老农，他们在庄稼里时隐时现。就是这片古老的沃土，庄稼、果木、荒草生生灭灭，我们生生死死。她听我们歌唱，也听我们哭泣，她滋养着我们，也埋葬着我们，再生着我们！

古人修养讲三个境界："见山是山，见水是水；见山不是山，见水不是水；见山还是山，见水还是水。"从简单，到世故，再到回归，一步步升华。"见山还是山，见水还是水"也是升华？当然是。此山此水已非彼山彼水，她们饱含了智慧和情感，让人或明或暗，或喜或悲。

今天的山山水水带着我爬上了这一片高地。

鞭炮噼噼啪啪响起来，老人的骨灰盒已经安放到墓穴里。朋友一家人和亲戚朋友跪在黄土地上，三次叩头。

面对堆起来的黄土堆，我恭敬地跪着，深深地叩头，以头抢地。没有人哭泣，但我眼含泪水！

站起身来，回头望我的黄土高原，我满怀的圣神。我的表情是凝重的，我的思绪是辽远的。

要出诗集了，朋友说总得在开篇说几句话吧。

以此为序。

张万平

2019年9月

目录

001 / 胡杨

002　胡杨

004　最后的雁门关

006　我撞到一棵树上

008　嵩山少林寺感怀

009　崂山石

011　上海印象

013　陕西"三边"

015　鼓浪屿之波

017　一个问题

019　南京城注定属于长江和紫金山

021　重庆火锅

023　高昌怀古

025　西夏王陵

027　碛口镇

028　宁化府

029　铁匠巷

030　柳　巷

032　在龙门

034　高庙山的风

036　老　村

038　四棵松

040　四　姐

042　土豆花开了

043　我心中的纳木错

045　我命中的纳木错

046　战国竹席

047　一只麻雀在我窗台上停留了两分钟

048　一棵槐树倒了

049　飘香的田野

051　堵　车

053　二〇〇八年的冬天

055　读　史

056　"流火"的七月

058　夜过黄河

060　旋　转

062　上　苍

065　我站立的地方是高原

067　黄河在这里转了个弯

069　我的故乡

071　走上一条黄土路

072　秋天的悲悯

073　二〇二〇年的春天
075　向日葵

077 / 这场春雨属于我们自己

078　秋风终于来了
080　走进隆冬
082　飞雪的冬日
083　摔跤记
085　我的棉帽子和棉手套
087　霍　金
088　美国人蒂莫西·崔德威
089　致门楚
092　天瓦蓝瓦蓝
093　那一片树林
095　秋天正在退去
097　小武理发店
098　偶　感
100　烛　光
101　黎　明
102　今年这天气
104　儿子买了把吉他
105　我打了个喷嚏
106　回　味
107　抱抱鸟

109　对　话
110　告　别
111　换双眼睛
112　混天绫
113　证　明
114　我看见的是我该看见的
115　在动物园
116　你们的十八岁肯定不是我的十八岁
117　散　步
118　枯　菊
119　一朵花的飞翔
120　梦中和父亲掰手腕
122　狗尾巴草
124　我的亲人
126　故乡无雨
128　亲爱的蒿草
130　二梅婶子
132　岁　月
133　娶　亲
135　老农郑在民
137　麦子熟了
139　她婶子
140　土香扑鼻

141 夜访长沟新村

143 红月亮

145 欢乐草

146 浇　花

147 我渴望一场爱情

149 这个早晨是他的

150 农民工的语言

152 早晨四点钟

154 悬崖树

155 二〇〇九年　我只记得两件事

157 原来冬日的阳光也很温暖

158 这些年我一直生活在夏天

160 这场春雨属于我们自己

161 关于幸福

162 古庙少女

163 迟开的桃花

164 途经五月

165 从歌开始

166 林中刮过风

167 爱　情

169 春　雪

170 雕像者

171 红　枣

172　嬉

173　五朵昙花

174　好　酒

176　一盆肥皂泡

177　枯　槐

179　拐　拐

181　漂　流

183　拎个心来

186　晒　秋

187 / 聆听钢铁

188　褚老师的哭泣

190　边跑步边哭泣的孩子

192　杏　林

193　茴香豆滋味

195　沉浸在童声里

197　万平兄

198　备　课

199　记住一个叫贾生旺的人

201　背起地震废墟上那个书包

203　课文《七根火柴》

205　只修了半截的少年宫

207　小萝卜头

210　聆听钢铁

212　骨节间发出钢铁的声响

214　炉前工

215　钢厂工人

216　每天路过钢厂

217　用我们的手撕钢做一张贺卡

218　面对炉火

220　拾废铁的老工人速写

222　请到钢城来

223　钢　花

224　钢城锣鼓队

225　集　资

226　认识李双良

228　钢铁是怎样炼成的

230　咱们工人有力量

232　重返钢厂

234　献给李双良

胡杨

这里没有雨　只有风
就是磕破头也难求一丝雨
这里没有土　只有沙石
掘地三尺还是沙石
这里没有云　只有烈日
日复一日　烤干每一滴脆弱的血
这里没有情爱　只有生死
生是英雄　死亦英雄
……

胡 杨

这里没有雨　只有风
就是磕破头也难求一丝雨
这里没有土　只有沙石
掘地三尺还是沙石
这里没有云　只有烈日
日复一日　烤干每一滴脆弱的血
这里没有情爱　只有生死
生是英雄　死亦英雄

在茫茫的塔克拉玛干
胡杨是"死亡之海"的骄子

信念深深扎进地心
亘古的力量从蛮荒岁月伸出
直指苍穹　旗帜一样
用绿叶呼唤远去的嘶鸣
灾难的风暴一次次袭来

它一次次揉碎　踩在脚下
专横与偏见把它的枝干扭曲
甚至摧折它的骨肉
它只把伤口处的苦泪默默记入年轮
枯枯荣荣起起落落　一任平生
它从风声里听出来瀚海的波涛
它看到了昆仑山顶盘旋的鹰
当它把千年的孤独和寂寞
思考成金色的叶子　发布于晚秋
满树的富丽堂皇与天地争辉

生站着生　死站着死
不朽不腐　傲然挺立
在茫茫的人世间
胡杨是一位铁骨铮铮的真汉子

最后的雁门关

比所有的冬季都遥远
裹挟着剑戟
越过长城　冲破雁门关
杀向中原大地

烽火台用长长的火舌
传说狼来了的故事
牛羊也来了　马群也来了
北风强悍的嘶鸣
被广阔深厚的青纱帐
淹没得无影无踪

血雨腥风后　雁门关
送走安抚匈奴的粮食布帛
送走和亲的马队
关头高悬的旗帜望断北飞大雁

卫青饮过战马的河水干了
杨业刀柄长成的柳树
把关里关外的天擦得瓦蓝瓦蓝
王昭君笑声和眼泪繁衍出的牧草
弥漫天涯
一年绿似一年

来的来了　去的去了
雁门关坍圮的关楼
无奈中挺起古老的威严

我撞到一棵树上

在河东故地的解州关帝庙
我撞到一棵树上
一棵粗壮的古柏
身长参天　披绿色战袍
丹凤眼　卧蚕眉
相貌堂堂　威风凛凛

我猛然醒悟　古朴精致的牌坊
宏伟美观的春秋楼　甚至
威严中透着温和的关公塑像
都是道具

我围着树转圈　仰望
微风轻拂　美髯飘逸
两条有力的杈枝直指蓝天
一条为忠　一条为义
为桃园结兄弟　过关斩将

为义释曹操　刮骨疗伤
最后　败走麦城在故土落脚生根

据说乡下人最爱贴的年画是关公画
据说武戏里最红的是关公耍大刀
据说全国有几百座关庙
海外华人都设关圣堂
争着给关公磕头　求保平安

我只知道关公是圣贤　是神
也是一棵树　是解州常平村一个乡民

就让青龙偃月大刀在大刀楼里生锈吧
让赤兔马去中条山寻吃丰美的水草
关公戎马劳碌　也该打个小盹
但愿我这一撞　撞醒的不是关公而是我

嵩山少林寺感怀

无论活着还是死去
每个人都需要一片森林

在嵩山少林寺
大师们用生命植塔成林
三百三十座彻悟之塔
三百三十颗灵魂抖擞树的精神

我知道每一座塔里都亮着一盏灯
塔顶回旋着木鱼的声音
我知道塔就是碑
是一种纪念
我却不知道
塔一样的远山在纪念谁

大师们在另一个世界里明亮着
而阳光下的我　只能
借大师们的林子摸索久远的宁静

崂山石

你穿过哪一道墙来到这里
岁月的围墙刮掉你的棱角
刮掉你的长须
你坐在这里 成了得道高士

那么多人围着你照相
那么多人膜拜你
你眼都不睁一下
树绿花红你不睁眼
日出日落你不睁眼
辽阔的黄海你都不看一眼
敢情这便是人变为石的境界

我是那个倒霉的王生
碰了太多的壁 找你
就是想学穿墙而过的真本事
我虔诚地磕破头

你同样不发一言　　不看一眼
该不会是让我也变成石头吧

　　注：《聊斋志异》中《崂山道士》一文，王生向崂山道士习得穿墙法术，回家于妻子面前卖弄，法术失灵，头破血流。

上海印象

走在上海黄浦江两岸
我总担心高楼的丛林里窜出来恶狼

那些叫金融大厦　银行大楼
和证券中心的树木
得了这片肥沃的土壤
得了太多的肥料和雨水
也得了充足的阳光
一棵比一棵高　遮天蔽日
我坚信里面藏着恶狼

你看树叶间闪烁的绿眼睛
你听冷风里夹杂的嚎叫
那婆娑的树影都一副狰狞面目

那一帮妇女真傻
提着大包小包　穿梭在丛林里

有说有笑　很满足的样子
江边的游人真傻
摆出各种姿势　肆无忌惮拍照
没有一点警惕性

唯有我们应该叫爷爷的黄浦江
虽然浑浊了些　但波澜不惊
他捋着长长的胡须
让我稍微能够定定神

陕西"三边"

靖边　安边　定边
陕西北部
三个有些裙带关系的地名

土夯的城堡残垣
张开掉了牙的老嘴
拌着靖边的三弦
说唱岳家军踏破贺兰山

安边的黄土地
爷爷领着儿孙刨玉米根茬
镢头下去
刨疼的却是明宋唐汉

谁都看得见
定边西北刮来的风沙
裹藏着贪婪的鬼眼

可乱坟岗里
羊群依旧吃草　不慌不乱

我　一个要去银川的过客
想把三个地名穿起来
而真正能把它们穿起的
只有沿途横亘的古长城

靖边过去是安边
安边过去是定边

鼓浪屿之波

重重地摔了一跤
我就跌入鼓浪屿的怀抱

整整一个下午
我在岛上漫步
除了汪记馅饼铺的椰子香
除了龙眼树轻摇的婀娜
除了菽园那位白发老人的沉静
老式洋房院子里的花朵很鲜艳

可我怎么就推不开楠木打造的房门

早知道你已定好行程
我就该在摔倒的地方一直摔着
等着和第二个摔倒的你
在钢琴的伴奏下
手挽手站起来

今天　孤独地站在日光岩上
黄昏再一次割伤了我
比黄昏的利刃还刻骨铭心的
自然是蓝色的鼓浪屿之波

一个问题

参观陕西兵马俑前
我的问题有十万个
参观陕西兵马俑后
我的问题只有一个
还是一个被妻子斥为疯子的问题

比如说　宿舍区里的槐树
你以为你就是树吗
贵妇人牵着的金毛犬
你以为你就是狗吗
马路上飞驰的汽车
你以为你就是车吗
电视里的帝王
你以为你就是至高无上的人吗
甚至　我斗胆问妻子
你以为你就是我的妻子吗

这个问题缘于一个人
在陕西兵马俑博物馆
一个容貌有点像我的陶俑
站在黄土坑里
脚下散落着细碎的瓦砾
他在向我深情地挥手

南京城注定属于长江和紫金山

长江从这里流过　随手
将一朵开花的石头戴在胸前
南京城便出落成一位动人的新娘

我不知道石头开花要几万年
但知道古老的明城墙已大半塌毁
江风吹散那些朝代那些事
大浪吞没那些人物那些梦

至于　紫金山
显然是条深爱南京的汉子
他掀开南京城厚重的盖头
让街道边的梧桐树列队舞蹈
让莫愁湖倒映所有的笑脸
他耸起健硕的臂膀让南京城依偎
在秦淮河灯影深处
搂着她　守着她

听远处传来栖霞寺悠长的钟响

南京城注定属于长江和紫金山
南京城的江和山
永远陪伴着一位动人的新娘

重庆火锅

重庆喜庆事多
吃火锅庆祝是最平常的
在重庆大街上三步一个火锅店
五步一个火锅店
生活总是热气腾腾

那些名叫辣妈或辣爹的火锅店
红红的火锅汤咕嘟咕嘟冒气泡
肉和菜欢快地翻滚
火辣辣的日子由嘴入喉入胃
再由胃经喉回到嘴里
人们一身一身出汗
被辣得跌到沟底
又从沟底爬到山顶

重庆的四季被火锅熬煮着
头顶总是雾气蒸腾

人们总是喜气洋洋
说话总是使用唱腔拿腔拿调
田野总是葱葱茏茏
长江总是浩浩荡荡
不舍昼夜
热雾笼罩久了
阳光总是要出来红艳艳

高昌怀古

我该把你当作废墟还是遗迹
泪痕依然的高昌故城

不知我第几个到访　不知
驴车第几遍诵读这页艰涩历史
吱吱扭扭　叮叮当当
弹拨和手鼓扬起幽咽的民歌

故城空寂　残断的土夯墙壁
横横竖竖　勾折撇捺
长长的夕阳从丝路故道引来驼队
深深的车辙伸向汉家将士遥望的目光

那座教堂全城唯一完好
孤独的魂灵坚守荒凉
穹隆形的堂顶回旋安拉的声音
我的孩子们呵　我的孩子们

最后离去的那位居民
肯定满脸风霜
肯定使劲牵一匹不愿走的马
肯定一步一回头

而我放心不下的　还有
新疆民歌里长辫子大眼睛姑娘

西夏王陵

当人面鱼尾的图案
在陶罐上游动
人首鸟身的石雕
便选择了一片高远的天空

三月　在日落的地方
在贺兰山下的西夏王陵
我看到半颗折翅的太阳
听到那尊人鸟合一的石雕
呼呼扇动双翅

黄土堆就的昊王坟后
一个王朝的背影里
良弓强马踉踉跄跄远去

人首插上翅膀
飞翔的最多是人首

思想插上翅膀
飞翔的远不止思想

我从黑夜赶来
我是一个狂妄的刀客
唯一迎接我的人首鸟身的石雕
都不知该叫鸟还是人
我只想借它的双翅
披黑色斗篷
戴面具　舞长刀
在藏着雪豹的贺兰山下寨
和野狼一起出没黄河两岸

若干年后　肯定
有一个关于双翅草莽的故事
在北方流传

碛口镇

湫水河汇入黄河后
碛口镇的名声
就流传到远方

高原腹地
古渡口不见了来往的商船
我只在草丛中捡到半截纤绳
那一声高亢的号子呦
那一条健壮的膀子呦

细雨打湿青石砌成的老街
雨帘难遮旧商铺古典的羞赧
几颗高挂枝头的红枣欲言又止
其实　我知道
哥哥和妹妹的爱情就在树上发芽

与山顶黑龙庙的神像不同
我把山读成了黄河
把黄河读成了山

宁化府

把雕梁画栋和青砖碧瓦化为水
勾兑进一分嫉妒二分野性
还有七分真爱　密封在大缸里
在阳光下酝酿　在时间里积累
宁化府　终于香飘天下

拿着小瓶大壶排在长长的队伍里
就为买上货真价实的宁化府
这是我所在的城市特有的风景
这足以让许多外地人醋意熏天

肯定是先有宁化府　后有醋
肯定是因为醋　宁化府才名声远播
人生也常常需要一股醋劲
每每想到这些　我心里就酸酸的

铁匠巷

被刀铲锹斧叫响的铁匠巷
名声当当在外
纷至沓来的大脚小脚
把巷子踩旧踩破
岁月斑斑驳驳裸露出来

老榆树死了
房檐前的燕子飞了
打铁铺不见了踪影
眼看着远处逼压过来的高楼
张铁匠长满络腮胡的故事
依旧顽强地轻一声　重一声
远一声　近一声
清脆而悠久

柳 巷

在柳巷　我最想看到柳
柳却藏在历史深处
就像明朝大将常遇春
当年藏在柳妈妈柴堆里

因为常遇春所赠的柳枝
柳妈妈躲过了战祸
因为柳妈妈所赠的柳枝
整条巷子的人家都躲过了战祸
因为整条巷子沿街种的柳
全巷子的人都有了荫凉和温馨

如今　柳巷商铺林立
顾客如织　表情幸福
我忽然觉得无须刻意寻柳
柳在人人心中
柳荫便会布满我们城市的各个角落

注：明朝军队北伐，将军常遇春亲自化装成樵夫，混进太原城卧底。不料，事不机密，就被元军伏兵四面包抄。常大将军急迫之中，躲进一个破旧小院。

小院里的孤寡老妇人柳氏妈妈把常遇春藏进了后院的柴垛中。常大将军遂获救。他摘下院中树上的一根柳枝，交给柳妈妈，让她破城之日把柳枝插在街门上。

不过几日，明军果然急攻太原。柳氏眼见战火即起，唯恐街坊四邻难逃战劫，遂走家串户，给众邻柳枝插于门首，小巷众邻皆免于战祸。战后，众街坊为了感谢柳氏，便把门首的柳枝，植入门前街畔，这条不起眼的小巷遂绿柳成荫。

在龙门

我向一座神圣的石山磕头
不停地拼命磕头　叮叮当当
清脆地回响了几个世纪

我前面匍匐着一片磕头者
当然　有古装的汉唐
我的身后趴着密密麻麻的来者
也有大鼻子蓝眼睛的异域人

我想磕一座心中的洞窟
珍藏我的偶像
我还是停止了
抹抹额头上的鲜血停止了
我发现神圣的石山满是洞窟
遍体鳞伤　我发现
所有的偶像都是一副表情

我离去时　山下的伊河哈哈大笑
我不知道它是笑我放弃
还是笑众人的痴狂

高庙山的风

回到高庙山　十里相迎的是风
打开车门窗　把风请进车里
无须询问　风早絮叨上了
这就是我日日夜夜的高庙山

高庙山庙塌了　我从小没见过一片瓦
留下一个名　留下满山满沟的故事
让风义不容辞地反复传说
一年一茬叶一茬花一茬果

站在最高峰那块温暖的石头上
远眺山峦起伏　绿波汹涌
这是我一生中又一个夏天
我清爽的高庙山　坚定不移的高庙山

野性的风按捺不住激动
撩我的发　扯我的衣襟

挥动着遍地鲜花唱歌舞蹈
以白桦树的名义摇头晃脑朗诵情诗

我真想起那位圆脸的大眼睛姑娘
和我默契地种树　像我一样沉默的姑娘
想起她　我就随风而歌
高庙山的风就用我的声音告诉她

老 村

在故乡瓦蓝的天空下
老村蹲在山坳里　直直地望我
这是一个暖冬的日子　没有冷风
没有冷风　我的心仍在哆嗦

她蓬头垢面　从断瓦残垣探出头来
用黑洞似的眼睛直直地审视
不穿开裆裤的我　丢失童音的我
身上缺少尘土的我　头发稀少的我

面对老村　我不忍看垒过养兔窝的墙角
不忍触摸那块方方正正的捶布石
不忍听老槐树下　我们藏猫猫的笑
甚至　不忍回到黑夜
沐浴那一盏盏油灯昏黄的光芒

远山熟悉而陌生　抹抹眼角的浊泪

我俨然是一个受尽委屈的孩子
没有冷风　屋檐上的枯草也没丝毫摇动
可我感觉得到从后背直抵内心的严寒

四棵松

重新见到四棵松　我挨个拥抱她们
明显粗了　都有些抱不住
但体香依旧　体温依旧
我仰望时　她们就随一阵风频频点头

我就坐在对面山上给她们唱情歌
直唱得星星们一颗一颗急红眼
半个月亮爬上来　偷窥
身后的村子也说着爱的呓语打起鼾声

我就为一场温暖的大火担心
为意外的果实落满地惊恐
就抹脸描眉　演真真假假的戏
激情饱满地过每一个节日

就从四棵松下出发　到另一座山种植爱情
然后下山　在一座城市倒剪双手徘徊

街道上汹涌的人群挤掉我过多的头发
终于　让我没有了四棵松绿发飞扬的神采

重新见到四棵松　我的拥抱很自然
连爬上树梢望远的杂念全无
群山在她们的见证下又一次绿得醉人
头顶的天瓦蓝瓦蓝　离我很近

四 姐

从一棵老槐树和一个老盲人开始
三弦一响　四姐就拨开云彩往下看了
我邻村以打柴为生的穷小子崔文垂就成为幸运者
就在这树木葱茏的高庙山上
四姐自订终身嫁给他　和他甜蜜度日

四姐是玉皇大帝的四女儿　是天仙
她半粒米焖一锅干饭　一夜修座崭新的宅院
她腾云驾雾吹气成风　撒豆成兵
火烧破坏他们幸福的恶霸老财　捣毁助纣为虐的官府
人间几十年　待太上老君奉命召她回到天宫
她出走时蒸的一锅馍头竟还没熟透开锅

就这样　四姐也把我的思恋飘成满天云彩
我仰着头整天发呆　被星星挤眉弄眼嘲笑
我藏在葡萄架下偷听四姐的鼾声
却被窜来的老鼠惊出一身冷汗　我执着地上山砍柴

休息时坐的石头总把最平整的半边空出来

四姐是灶神　她身居天宫却被尘世吸引
我一个人间灰头土脸的凡人却总是思恋着神
我知道有思恋的人生是美好的人生
而思恋着的人却是苦难的人
那就等我死后将灵魂化作一朵云　飘到天宫
四姐　你邻村的穷小子将带给你那一方水土的思恋

土豆花开了

刚入夏　地里的土豆花就开了
碧绿的叶子衬托着白色的碎花
星星点点　分外耀眼
寂静的山里顿时明亮了许多

山里春晚秋早　只适合生长土豆
土豆是山里人一年的指望
随便一块土地　开垦播种
土豆就用厚实的笑声给大山响亮的回响

山上的梨花开满坡时
山梨的香味儿就酝酿着往外冒了
山雀子叽叽喳喳欢叫时
小山雀就扑棱着翅膀出窝了

大山里一切都这么简单
早晨天总是亮得晚　但总要亮
一日两餐　有足够的土豆
山沟那边就升起得意洋洋的炊烟

我心中的纳木错

心像你一样明净　澄澈
泪水像你一样咸涩
纳木错　我感觉到了
里里外外都感觉到母性的抚摩

高原让我心速加快
却把雄鹰托到高天上
太阳灼伤我的双颊
却用大片的绿草养肥牦牛
纳木错　慈祥的天湖
你佩戴雪山串成的项链
端坐在世界屋脊
我像藏族兄弟一样长跪而拜

我脆弱的言语
被拿根多山口的狂风吹散
我腐朽的脑髓五脏皮肉

被成群的秃鹫吃尽

只剩骷髅

拣拾带着你体温的 19 块石头

堆一座唐古拉山一样的坟

19 次忏悔　19 番祈祷

19 声呼唤在碧水上荡漾

做你的一场大雨吧　纳木错

或者手持转经轴围你走千年万年

我命中的纳木错

看到纳木错的照片
我依然激动不已
十多年了
低头找不到答案时
我已学会仰头寻找
直到雄鹰飞出视野
直到雪山被白云遮蔽

我已经平息了心中的浪花
不再扔出跳水的石子
不再流无谓的泪
纳木错　我在你的善良中温柔
我在你的胸怀中澄明

水越浩大　欲望就越远
山越雄伟　悲伤就越渺小
我命中的纳木错

战国竹席

看一眼就感觉到两千多年前的温暖
一条条竹篾传递的温暖
智慧和勤劳纵横编织的温暖

我于是乘一辆牛车
吱扭扭行驶在战国田野上
穿过战国的硝烟
穿过战国茅舍零散的村庄
呼吸战国的空气
坐在战国竹席上
充数为孔子第三千零一名弟子
聆听子曰
忐忑地吟诵
知之为知之　不知为不知

走出博物馆
在真实的阳光下
我为真实的自己羞赧
想藏在战国竹席后面永不露面

一只麻雀在我窗台上停留了两分钟

一只麻雀在我窗台上
停留了两分钟

两分钟的时间
它在水泥台面上
歪着头左右磨磨尖嘴
还蹦了两蹦
剩下的时间就和我对视
它的眼睛黑亮黑亮
尽管隔着玻璃
应该很清楚地看见了我
我正考虑
是打开窗户让它进来呢
还是走出去
让它落在我的手上
肩上　或者头上

它就飞走了
它就飞远了

一棵槐树倒了

城市公园一棵槐树倒了
身子被电锯锯成六截　横在草坪上
直挺挺　一动不动

堆在一旁的枝枝杈杈上
有只喜鹊喳喳叫着
初春的早晨　风有些凉

昨天　这棵槐树还高高地长在这里
威风凛凛　迎接升起的太阳
我直后悔没多看它几眼

在齐齐的伤口创面上
我数了数它的年轮
三十一圈寒暑

城市公园里　跑步的还在跑步
唱歌跳舞的还在唱歌跳舞
老者拿蘸水笔写的字被风立即擦干

飘香的田野

熟悉的田禾味
一下子侵入我的肺腑

在山西忻定平原上
一望无际的玉米
在秋风中招手
向我　向瓦蓝的天
向日葵低头沉思
竭力地想记起我
坠出农舍院墙外的南瓜
腆个大肚子招摇
一树红枣也探出头来
闪着机灵的眼睛

这些都不陌生我
陌生我的是那些鸟雀
见我就飞散了

我从大公路上走来
沿田埂走进田野深处
只想让一禾一叶揪揪我的衣襟

多么香甜的田禾味儿

堵 车

堵车了　上班路上
车挨车　车顶车
司机红了眼　见空就往前钻
所有人都红了眼　不住地看表
车的洪流变成车的海洋
我想起今天电视的头条新闻
海南省遭了大水灾
洪水横流　十四万灾民紧急疏散

其实　遭水灾的不单单是海南
七大流域　二十八个省市
包括远在北方的新疆　吉林
其实　堵车不单单在眼前
北京等一线城市"首堵"
京藏高速公路曾连堵二十天

你看那些因为堵车办不成事的

大肚子老板　一个个着急地打手机
分分秒秒都是金钱啊　真的
都有许多人被车流推倒淹死
我都看见车的海洋上
飘着一具一具的尸体

二〇〇八年的冬天

二〇〇八年的冬天
比往年来得更早些
寒流不是来自西伯利亚
而是来自美利坚的华尔街

一百五十八岁的雷曼兄弟先倒了
穿着阿玛尼西服的金融大亨
这回不是感冒
而是癌细胞折磨

寒流过处
欧亚拉美大洋洲发烧头疼
股市被吹到谷底
经济像飘零的落叶

英国主妇默菲
丈夫失去金融城的工作

她不再打算买高档衣服
巴黎东郊的万森森林里
无家可归的乞丐又冻死三个
东京街头匆匆的上班族
脸上布满乌云
那位捂个大口罩的女士
长发被风扬起
那位边走路边接打手机的男士
头沉重地垂着

焦头烂额的德国财长施泰因
翻开《资本论》
想找一个驱退病毒的良药方子
一百年前就判了资本主义死刑的马克思
也来自德国
透过《资本论》
他犀利的目光
看穿了资本主义病体的癌细胞核

也许春天和冬天还要几百年搏斗
也许二〇〇八年的冬天不止三个月
我们已经习惯在大风中跋涉

读 史

有风　树叶飒飒地响
偶尔　落下一片黄叶
或者半黄的叶
我知道一个朝代老了

三五成群的蚂蚁很繁忙
爬行那么长的路
搬运过冬的食物
有只甲壳虫被它们掏空
我不知道这庞然大物
如何被小小的蚂蚁征服
那可是披了铠甲的江山社稷

翻开傍晚时分
我看见远山朦胧
残云如絮　秋阳似血

"流火"的七月

公元一九九七年
"流火"的七月
一个牵动地球四分之一人类的日子
被十二亿双眼睛焦渴地企盼
贴上对联
点着灯笼
剥开粽子
还没来得及烤月饼
月亮就圆了

一天少一个数的倒计时
把中国人的心提到嗓眼
七月一日 中国南方
那颗失而复得的明珠放出异彩
歌欢舞美
我们却不忘从笑声中出来
沿庆典的礼炮声

在一百年前的回音里
听殖民者狂笑
听缺了骨头的长辫子政府呻吟

一九九七年
中国多了一个刻骨铭心的节日
鸽群把我们的心情带上蓝天
把我们的愿望洒向大地
"流火"的七月一日
香港在厚厚的青史上
留下浓重的一笔

夜过黄河

快来看　一声女人的喊叫
打破零点十五分的安静
快来看　还是那声喊叫
火车由　咔嚓　变成　哐当
醒着的　睡醒的
年老的　年幼的
都爬在车窗上　向外看
火车哐当　很慢　很平稳

一列由北向南的火车
零点十五分的骚动　挤满九号车厢
车窗外　昏黄的桥灯下
一条宽阔的河　一条黄色的河
从夜的深处滔滔而来
向夜的深处滚滚而去

火车哐当　很慢　很平稳

隐隐的　好像还有一种宏大的声音
来自大河　抑或来自哪个遥远的地方
撞击列车　撞击我们

呜　火车恢复了咔嚓
天南地北的人们仍旧爬在车窗上

旋 转

这是一天中最好的时光
这是一生中最好的时光
围着月亮
围着篝火
我们旋转起来
彩色羽毛裙旋转起来

篝火越来越旺
柴草在燃烧中噼噼啪啪作响
每一棵树都在摇动
每一座山都在跳跃
彩色羽毛裙在飞

谁都无法熄灭我的篝火
那是我永恒的心
驯鹿角上割出的血流淌着我的爱
乌拉草上的露珠挥洒着我的眼泪

白桦树伤口的汁液滋养着我的梦
我一次次在歌声中死去
又一次次在灰烬中熊熊燃烧

美妙的夜风啊　我属于你
你懂得岩石上画的小鹿揣在我怀里
你懂得山雾罩着的密林刻着我的秘密
你制造着我的所有欢爱

旋转起来吧
我们旋转进深夜　旋转出黎明
我的天上的星星
我的大地
我的额尔古纳河的波涛
我的彩色羽毛裙

上 苍

一

低头与抬头间
花朵被白云抛弃
一把比鲁班更早的斧头
光闪闪挥过
浊而重的下沉
清且轻的上升

二

深邃的背景下
有了我们直起腰的空间
地平线抖动声带
把长长的呼啸交给时间
生命之血抢先一步
在天空高高飘拂

三

睁开热烈的眼

在俯视的高度

埋葬跪拜者

连同龙袍凤冠

闭上冷静的眼

咀嚼日复一日的悲欢离合

睁睁闭闭的迷藏

游戏了千年万年

四

雷电风雨

一些读不透的象形文字

或湿或干于竹简木牍

从明和暗的缝隙

嘹亮的灵气吹来

树是风的模样

人是树的模样

五

星星　美丽的火团

把人类点燃成香火

飘渺于坛台庙殿

穹隆形的建筑
关不住玉女飞天
空灵的头在上
沉重的脚在下

我站立的地方是高原

就是汪洋大海啊
烟波浩渺　横无际涯
每一座山峰都是浪头
每一条沟壑都是浪谷

我站立的地方是高原
脚下　一排排大浪涌向天际
冲撞着　呐喊着
呼唤那些匍匐的灵魂
挺起浪涛的胸膛

有厚实的唢呐传来
掠过沟沟坎坎
掠过树木和村庄
在浪谷里千回百转
在浪尖上引颈远眺

我曾爬上最高的山岗想看到海
当真正看到大海
我忽然觉得我的高原
就是生动的海
她用火热的血肉塑造的海

春夏　绿波荡漾
面对高原　我在和风中陶醉
金光万里的秋日
到处飘荡着收获的芳香
至于银装素裹　白浪滔天
一轮红日高照
我的涌动的壮美的高原啊

我站立的地方是高原
唢呐描绘的高原
鼓着腮帮子的高原
一路高歌的高原
汹涌澎湃的高原

黄河在这里转了个弯

分明是风后的指南车引导
黄河冲出壶口　跃过龙门
一路南来　在这里转弯东去

千回百转的黄河啊
每次转弯都是坎坷和劫难
都是一次对生命的思考和抉择

那是戈壁滩无边的寂寞
是大西北寒流冷酷的封杀
是一座座大山无情的阻挡
是绝壁断崖生死的考验
是熊熊野火的炙烤
是狭隘低谷的漫长磨折
就这样东南西北转着弯　前进着
这就是黄河的性格
道可以弯曲　水可以浑浊

灵魂却始终呐喊着自己的归宿

黄河岸边一个浪花一样的小镇风陵渡
葬着黄帝的贤臣风后
传说是他造的指南车
为黄帝军队指明方向夺取胜利
黄河就是在这里转了个大弯
这一转弯就奔向东方
这一转弯就奔向大海

站在风后陵前的千年古柏下
远望滚滚东流的黄河
我听到了黄河致敬的涛声
黄河在这里转了个大弯
向着初升的太阳滔滔而去

我的故乡

在枝繁叶茂的大槐树下
数五千岁爷爷的白胡须
一根是女娲补天
一根是后羿射日
再一根是精卫填海
炎黄耕读　大禹治水　夸父逐日
稠密的传说数也数不尽

枕黄河的臂弯做个远方的梦
举起太行山的臂膀摘取天上星斗
把五台山佛的嘱咐
刻在云冈的石壁上
一方栩栩如生的图腾
千百年浩浩长风

用丁村石器在荆棘丛中
砍砸出一条通路

喝吕梁山孕育的乳汁

积蓄冲向大海的力量

在黄土地宽厚的胸膛上

打几个滚　撒开脚丫奔跑

黄河对岸的妹子就是咱的秦晋之好

那些土窑洞和精致的庄园

藏着多少动人的故事

那些绿油油的庄稼

枯枯荣荣多少辈父老乡亲的念想

把我们的豪气从黄河壶口喊出来

这块叶形的古老土地

枝蔓着一个古老民族的脉络

飘扬着一代又一代人的鲜艳旗帜

走上一条黄土路

走上一条黄土路　就是
儿时把冰凉的脚丫伸进母亲温暖的怀里

那些让我们羞愧的红苹果
那些让我们落泪的谷穗
用一棵树的厮守　一棵苗的牵挂
用地道的乡音向我们歌唱

填平钢筋水泥和柏油石子的割裂
从土路上的坑洼里感受风雨
从野菊的芬芳里嗅出蓝天和大地的原始呼吸

走上一条黄土路
就是善良的黄土在唤醒我们的步履

秋天的悲悯

我的悲悯来自一棵树
一棵结满果子的树
树下铺满红熟的果子　却无人问津
甚至　没有一只鸟来啄食

那些金黄的玉米和谷子被农民的欢笑收割
成堆的红薯被铮亮的撅头从土里刨出来
一丛一丛的秋菊被蜜蜂歌唱
连山坡上半青半黄的野草都被羊群啃食
天南地北的人们拿着手机争先记录秋色
秋阳下　大人小孩都不肯戴一顶遮阳帽

这些我只有嫉妒　为了我寂寞的树
为了我心灵深处的悲悯
我甘愿与整个秋天为敌
我祈求古寺里熟睡的石佛睁眼

二〇二〇年的春天

二〇二〇年的春天
我感到无助的陌生
企盼了整整一个冬天
她却总躲着
我伸出去的手够不着
想呐喊的声音卡在嗓子眼

白色的医用防护服成了最美的风景
一幅医务人员卧地而眠的照片
一个医生妈妈和孩子隔空而抱的动作
一句我为苍生说过话的铭言
拨开枯草刻入庚子年轮

而此刻
东非数千亿只蝗虫遮天蔽日
美国千万流感患者还在呻吟
澳洲燃烧了四个多月的山火依旧熊熊

二〇二〇年的春天
鸟不敢惊扰树
云不敢放飞孩子们的风筝
田野以从未有过的空旷
聆听大地的心跳
我以从未有过的孤寂咀嚼黎明

那是一场真实的战争
是生命的血拼
血拼的不是人与人
可比人与人的血拼还令人心痛

面对古老的山河
我们都不会担心这个春天
不会担心美妙的歌声
当白色的医用防护服长出绿叶
我会为一座城市
一个国家
流下激动的泪水
会为在春光中倒下的亡灵燃起一盏灯

向日葵

鲜艳的　暗淡的　垂头的
都是笑脸
这些不同质地的美声
属于田野

关于春霜的流着口水的流言
暴雨的一茬一茬的利箭
所有日子的长长短短
她们都无暇顾及
她们扬着头走到今天
弯腰刨出泥土里的土豆
从田里挑回金黄的玉米
她们用结实的乳房给孩子喂奶
蜷曲在谷草上歇息
她们是太阳的女儿

多少年后

我站在一块土地边上
询问她们一些春种秋收的农事
我满足地闻到了葵花的浓香

这场春雨属于我们自己

今晨 我们走进一场春雨
不要缩头 不要打雨伞
让淅淅沥沥的雨洒在身上
洒在头上 往身体深处渗
……

秋风终于来了

西山脚下
那片茂盛的梧桐
那满树比巴掌还大的谎言
装扮成爱心的谎言
钱币一样诱人的谎言

春天早有觉察
但仅制造一场无济于事的霜冻
它们依旧遮天蔽日地疯狂
夏天俨然正直
风暴夹着雷电
也只是一次戳穿

秋风终于来了
一波连着一波
挥动真实的长鞭
整夜噼噼啪啪抽打

许多人疼痛得翻来滚去

我整夜莫名地兴奋
反复推敲着一篇悼词

走进隆冬

戴一顶兔皮棉帽
戴一副棉手套
毫不犹豫地走进隆冬

去寻一把刀
一把呼呼有声光闪闪的刀
让嚓嚓的磨刀声
把我的脸割得血淋淋
去和一场大雪艳遇
深一脚浅一脚在深山里追击
枪声响起的时候
任树枝上挂着的雪落满脖子

收起扣鸟的箩筐
不再为自己的小情调撒下诱鸟的小米
到那条严肃的大河里
不用担心掉进冰窟窿被暗流淹没

在厚实的冰上滑行
伸开腿和臂做各种姿势
大声呼唤同伴看过来

穿过假惺惺的雾和散落着白骨的原野
往北再往北
我知道我的兔皮棉帽
会被张着血红大口的狼盯上
我别无选择
我必须追回正在逃亡的三九

飞雪的冬日

总有一炉火噗噗燃烧
一双形如枯槁的手
颤悠悠地烤火
不时满足地搓着手心和手背
整整一个冬天　一炉火
加煤　捅火
便有血红的火舌舔舐寒冷的日子

避开乱纷纷的人群
我坐在火炉前
火炉上烤着昨日的果子
多么熟悉的香味
加煤　捅火
我拼命经营这个黄昏
却总也找不回应有的温暖

摔跤记

刚出医院大门
一个趔趄趴在大街上

地上平平的
没有一块石头　也没有人推我
自己就把自己绊倒了
我这一生总和自己过不去

膝盖蹭掉一块皮
厚厚的裤子竟然没破
是我的皮太脆弱
渗出鲜红的血在抗议

想来　我应该感谢
我需要这一跤
摔去孙女的肺炎
摔去妻子的阑尾炎

摔去膝盖上陈旧的皮

的确　我应该感谢这一跤

我的棉帽子和棉手套

从背阴处到阳光地
你一下子就感受到周身的温暖
一个眼神　一句话
一个笑脸　一朵花
都是一束阳光

过去的这个冬天　对于我
一顶棉帽子
一副棉手套
父亲般的陪伴

地上的草已经露头
鸟雀们在树枝上跳来跳去
女孩们已经穿着薄薄的花衣裳招摇
我骑一辆绿色自行车
去寻找一些日子和遗像

夜晚的时候

白天的尘嚣渐静

我会把太阳放到远山后边

却不会摘下我的棉帽子和棉手套

霍 金
——写在著名科学家霍金去世的日子

这个夜晚分外清明
我所在的城市　雾霾为一个自由的灵魂散去

街灯排出一条天路
轮椅的魔掌被丢在身后
熟悉的哭声和笑声被丢在身后
城市和乡村越来越远　直至消失

星汉灿烂　无边无际
封闭你的果壳已经破碎
你开始了既定的穿越
从时间的深处而来追时间的踪影而去

我们被你引向浩瀚的星空
想为你认领一颗星
而你绝不只是一颗星

此刻　我在你留下的一缕时间的轻风中
握紧了一根火柴

美国人蒂莫西·崔德威

美国人蒂莫西·崔德威
被一头老灰熊咬死了
这是 2003 年 10 月的事
一同被咬死的还有他的女友

他是环境学家
放弃优越的城市生活
携女友来到阿拉斯加
十三年与灰熊为伴

他自称　灰熊之友
他说　我愿为它们而死
真的　老灰熊肚子里
有他和女友的残骸
就是那只和他合影的老灰熊

被老灰熊咬死了
蒂莫西·崔德威也就成了
一头阿拉斯加的灰熊

致门楚

电视里几十秒的新闻
使我梦游症复发
咀嚼着巧克力的香甜
我走进遥远的中美洲
在美丽的阿蒂特兰湖畔
拥抱你——门楚
花布长裙和鲜艳刺绣的短上衣
把你矮胖的身体
装点成印第安人的花篮
辉煌了蓝色的太平洋

门楚
你是一个贫苦的印第安农家的荣耀
尽管他们荣耀的只能是在天之灵
你将父亲用血液饱满了的种子
深深埋进自己心里

以金字塔的坚定

奔走呼号一个民族的尊严

那是怎样一个民族呵

他们的弓箭射穿

美洲大陆几个世纪的洪荒

他们的赤脚

图腾出一部不屈历史

焚毁种族主义者的歧视和迫害

你就是圣玛丽亚火山

喷射出无尽愤怒的烈焰

门楚

我从玛雅文化的象形字里

认识了你的民族

从咖啡的滋味里

品尝了危地马拉滚烫而艰涩的土壤

也许因为我们都有铲形的门齿

也许因为我们都崇拜太阳

当橄榄枝编织的诺贝尔桂冠

无愧地戴上你的头

当所有的印第安人跳起"哈拉贝"舞

我大洋彼岸一位普通的中国同龄人

心里放出了一群洁白的鸽子

为你和你的民族
门楚

注：里戈贝尔塔·门楚，1959年出生于危地马拉一个贫苦的印第安农民家里。因为她在争取印第安人权利斗争中作出的杰出贡献，荣获1992年诺贝尔和平奖。

天瓦蓝瓦蓝

进入秋季
我拥有了一片瓦蓝的天
云彩的幕布全然褪去
碧空万里如洗
远山清晰得若在眼前
沟沟坎坎凸凹分明
树撕下一页又一页老皇历
舒展着枝枝杈杈

我数着身前和身后的步子
一群孩子奔跑而过
一群数字便跑散

前一场风已经走远
后一场风还没有赶到
天瓦蓝瓦蓝
瓦蓝得足以让我忽视人间

那一片树林

坐在这片林子里
生活的乱麻就理顺了
一株一株勃勃向上
树梢阳光闪烁
那是我全部的希望

无需大红大紫
蓝色的野花很平静
这会儿没有萦绕的蜜蜂和蝴蝶
淡淡的花香夹着青草味儿
那是生命本来的味道

几声好听的鸟叫跳来跳去
引得我老家屋檐上的
黄鹂鸟呼应着
小燕子也翻飞起来
还有我远去的小翠鸟

凉风习习
便有轻歌曼语入心入肺
我大胆猜想
那棵树后肯定藏着个妙龄少女
肯定等待我一声优美的唿哨

秋天正在退去

风中的瓜果味越来越淡
金黄的田野变成暗黄
人们加了外套
又把棉衣找出来准备穿

云卧在头顶一动不动
已经三天了　雨没有停的迹象
雨声噼噼啪啪
冰凉的雨滴在怀念中哆嗦

一辆一辆汽车飞驰而去
电动车也你争我抢连着飞驰而去
他们肯定是有一场要紧的约会
要给谁送去雨中的惊喜

我走在秋雨中
没有打雨伞　伞在提包里

有几个人和我一样安详地走在雨中
对他们　我有一种拥抱的冲动

忽然　听得有人喊我
我答应着　搜寻着雨中喊我的人
一辆一辆汽车飞驰而去
雨水从我的脸颊直往下流

小武理发店

我又回到小武理发店
静静地坐在转椅上　闭着眼
听美丽的理发剪声
在我头上有节奏地咔嚓咔嚓
像秋风清理树上的枯叶
那些散乱的思绪纷纷飘落

当我轻松地走出小武理发店
在理发剪美丽的咔嚓声里
回望那间孤零零的小屋
怎么看怎么都像一座教堂

偶　感

我越来越警觉
我的每一餐饭
每一杯酒
每一个酣梦

到了一把灰烬
一粒土的境界
就又是一生的春风春雨
欲念一茬一茬往上长
花朵描绘着彩色的世界
积累足够的血水
足够的风暴践踏
土粒遂成为土块
土坷垃又成长为土丘
岁月的利刃再将土丘
精雕成土碑

等土碑升华为土山的时候
我才发现
这一生都在用自己纪念别人

烛 光

把白天交给太阳
把黑夜交给月亮
没白没黑的思念就交给蜡烛吧
昏黄的烛光里
闪着父亲慈祥的目光

黎　明

相邻的钢厂一夜一夜
一天一天　一年一年不停轰鸣
它把我的螺丝钉拧得很紧
黎明　我站在凉台上不住地打哈欠
看对面楼上住户的灯亮了许多
看远处高架桥上车灯渐渐多了
他们的螺丝钉应该比我还紧

再往远处望　天边现出橘红色
一会儿升起的太阳
螺丝钉最紧　几千万年都不松动

今年这天气

正月十五刚过
气温就往二十多度蹿
沉不住气的青年人换了薄衣服
伴着桃杏
花花绿绿的展示春天
没几天却来一场大雪
零下温度给大家严肃地上了一课

接着伏天还没到
三十多度的气温开始烧烤
柏油马路上掉下去一滴汗
瞬间化作蒸汽散了
伏天真大摇大摆来了
一股暴雨浇得它喘不过来气
这条街上流水漂走汽车
那条街上积水阻断交通
我们的城市在阴雨中哆嗦

你看俄罗斯足球世界杯
阿根廷和德国全栽了
冒出来面积只五万多平方公里的克罗地亚
再看美国特朗普
和我们中国谈得好好的
却忽然宣布开打贸易战

今年这天气
马上要到来的秋天
我不敢肯定就是秋天
那天边涌出的云朵
我也不敢肯定就是云朵

儿子买了把吉他

儿子买了把吉他
从此　我们家
除了锅碗瓢盆的磕碰声
除了俩孙女的嬉闹声
除了我的打鼾声
又多了嗡嗡嘤嘤的吉他声

儿媳说儿子吉他弹不成调
老伴怨儿子吉他声折磨人
只有大孙女缠着爸爸
要他弹一曲《兰花草》

儿子挺像回事的
配套买了本《学吉他》
一有闲暇就抚弄
很快吉他上就生出兰花草
飘着香味儿的兰花草

我打了个喷嚏

我打了个喷嚏
朋友说有人想我
还说如果再打一声就是男人想
不再打就是女人想
我偏偏就没再打出来

想我的女人肯定有
前天妹妹在微信群里发了张照片
母亲正佝偻着腰点一支烟
外甥女点赞说
姥姥抽烟的姿势很潇洒
而我佝偻的思念怎么也潇洒不起来

上一次回家看母亲
二姐说有一次母亲半夜忽然坐起来
念叨说我回来了
说就在隔壁房里
说那房子没生火　可别让他凉着

回　味

有时候　我们需要往伤口上撒盐
让狰狞的刀子再一次刻骨铭心
冬天的风雪太容易被花朵掩盖
水的甘甜太容易抹平皲裂的渴望

今天　我偶遇半截灰头土脸的石碑
那些人和事已被大风吹散
明净的天空都要冒出新鲜的草芽
惶恐中　我的手腕发出粉碎的疼痛

抱抱鸟

孙女微笑着展开双臂
抱抱　对树上的小鸟说
鸟儿好像一点不陌生
继续在树枝上向孙女啾啾

人类发现的最早的鸟是始祖鸟
我知道　许多科学家
不认可人是由猿变来的说法
如果科学家证明人由鸟变来
我举双翅赞成

许是做人做够了　我想做做鸟
在天上飞　在树上住
俯瞰恩恩怨怨的人类
那种感觉自然高人一等

我还知道　我命贱

已不可能长上美丽的羽毛
变成鸟　在天上自由地来去
但　像我的孙女一样
友好地抱抱鸟儿　肯定行

对　话

晒过的被子　孙女说有太阳的香味
我说草地上也有太阳的香味
她说　丁香花是太阳的香味
还举着手里的草莓　这也是太阳的香味

告 别

寒风一阵冷似一阵
秋天制造漫长的阴雨
急切地要把我推给严冬
我脆弱的头发肆意飘零
就像道边的梧桐树
把最后一片信笺撕碎
狠狠地抛向天空

该出发了
没有行囊　更没有酒
我只想和风握握手
风却匆匆离我而去
就让右手握握左手吧
然后将双手插入袖管
这便是我全部的温暖和力量

换双眼睛

换双眼睛　我就是另外的面孔
只穿前半身衣服
身后裸着　任人评说
无外乎背的宽窄肥瘦
屁股的圆扁大小
最要紧的是没了多余的嘴
洞悉一切的眼

换双眼睛　就是另一个世界
树是另一种顺序
草是另一番精神
面前的景色新鲜得怦然心动
生活的深度还无法探知
但只要相信大地的力量
太阳的落脚点就是我的落脚点

混天绫

拥有一条混天绫
就拥有了一则神话

挥动闪着寒光的剑
从黑夜和白天的欢愉中
砍出一颗血红的太阳
然后在蓝天上飞一行白鹭
迎着霞光 洒下清脆的叫声
所有的高山和平原都回响

不去掀起大海的浪
也不招来呼啸的风 都不

至于 山顶一道白云掠过
抑或清茶碗里飘出一缕香气
该是我需要的风骨

证　明

太阳证明鲜红的苹果
鲜红的苹果证明花白的胡子
花白的胡子证明买苹果的孩子

还是让树上的鸟儿证明偷苹果的阿姨吧
孩子惊愕得双眼都不敢睁
他只能证明自己买的苹果
在花白胡子的杆秤上高得打不住砣
而妈妈的经验和标准的台秤无情地证明
叫孩子买回的苹果在远少于杆秤的位置哆嗦

大灰狼扮的外婆被毛茸茸的尾巴证明
可该用什么证明一个小孩的内伤

我看见的是我该看见的

风狂吹一夜
天干净得没有一丝云
附近工厂呼出的气息
远山安详的皱褶
我都看得清清楚楚

天外肯定不止有天
山外肯定不止有山
我却看不见
我看见的是我该看见的
我看不见的是我不该看见的
就像中午午休
我总爱把一张报纸盖脸上
这样睡得香

在动物园

在动物园
大人多是无奈的配角
兴致勃勃的孩子和各种动物
进行着最精彩的演出

孩子们和着鹦鹉叫
扑扇着两臂飞
随着猴子摇头晃脑
同长颈鹿比个头
摆出造型和笼子里的老虎合影
甚至　张开鳄鱼大口
要把爸爸妈妈吞掉

这是我最近的发现
孩子更多保留着纯洁的兽性
越长大越退化的兽性
我说不来是衣冠楚楚的文明
还是血淋淋的灾难

你们的十八岁肯定不是我的十八岁

站在主席台上
我看着春风吹绿你们
十八岁　健壮的禾苗
枝枝叶叶都在疯长
我都能听到你们噌噌拔节的声音
十八岁　逼退寒流的十八岁
点燃暗夜的十八岁
浪尖上弄潮的十八岁
心脏跳若擂鼓的十八岁

春风也吹开了我的笑容　作为师长
那是看着你们开成花的笑容
那是看着你们展开鹏鸟翅膀飞起来的笑容
如果我讲话　那只有一句
生活绝不是仪式
那是风云雨雪的天空
是枯枯荣荣的田野　是千回百转的河流
走出那道红色的拱门
你们的十八岁肯定不是我的十八岁

散 步

初春　在郊外田埂上走
能感受到热乎乎的地气往上冒

我遇到一位满脸堆笑的农妇
她笑着走着　走着笑着
起初合着嘴笑　后来咧开嘴笑
很投入地笑着　脸都笑红了
她没有看见我
就连其他整理耕地的老农也没看见
她无暇顾及左右　她被自己的笑淹没了

我看见她的笑从心底发出
泛着淡淡绿波　漫过春天的田野

枯 菊

有一种感动不是来自田野
不是来自鲜活的花朵
像这株六个枝杈的枯菊
寒风中摇曳六朵菊花的回音
她春天不冲动　夏天不发热
只在秋天燃烧

你看那早晨的阳光
你听那霍霍跳动的火苗
在这寒冬里保持花的姿势
保持火焰的模样
你没有任何理由读不懂
人生的土地上　飞雪坚定的足音

一朵花的飞翔

一朵花飞翔
红色的月季就长上了翅膀
广阔的天就属于她
游荡的云就属于她
飞得很高的鹰也属于她

把季节的外衣脱掉
把痛苦的人踩在脚下
把庸俗的人远远抛掉
就像抛掉一粒石子

一朵花的飞翔
来自冥冥中的风
那是一种不可抵御的力量
是生活深处的疼痛

梦中和父亲掰手腕

我们手挽手掰腕子　父亲
我能感受到你深厚的力量

二十三年了　我已记不清第几次梦中相见
你在世时　我们父子都不曾掰手腕
甚至普普通通的握手也仅此一次
父亲　这我清清楚楚记得

你还那么清瘦　那么慈祥
还穿那件入棺时穿的灰色中山装
你紧紧握着我的手　叉开腿
你来我往　我们父子使劲儿掰手腕

你那架势逼人　这应该是
你当年挎盒子枪打日本鬼子的豪气
父亲　每每向大家讲你打仗的故事
我总得意洋洋　仿佛挎枪的是我

我这一生不停地做梦和梦醒

父亲　可这一回我不想醒来

紧紧握着你的手　我感受到的

是一个世界抵达另一个世界的巨大力量

狗尾巴草

怀念他
我就是满树的苹果花

就拿他用麦秸杆
编成小兔子唱和跳
就骑在他脖子上
正月十五观花灯

是苹果树开出白花的时节
是新燕衔泥的时节
是远处一座坟茔长出绿草的时节

田野复燃的火背后
那个瘦小的驼背老头儿
哼两句古戏
虔诚地将自己播进黄土里
像播下大豆或者玉米

那个瘦小的驼背老头儿
那个卑微得不敢长成禾苗
更不敢长成挺拔大树的老头儿
终于成了一株狗尾巴草

而我除了念小兔乖乖的儿歌
最大的愿望是结一树甜甜的果子

我的亲人

亲爱的蟋蟀　你是我的爱人
阴雨的夏夜　你陪伴着我
你的唠叨就是我的摇篮曲
该买电了　孩子快放暑假了
我便安安稳稳入睡
后半夜你打着呼噜睡香了　我却失眠了

亲爱的喜鹊　你是我的兄弟姐妹
过完节我就候鸟一样飞了
只有你守在门口那棵老榆上
天天向母亲报我的喜讯
喳喳喳　你总是放开声
生怕母亲耳背　听不真

亲爱的燕子　你是我的大婶
你把村子里的新鲜事衔来时
母亲手上的活不停　眼皮都没抬一下

你舞蹈着　呢喃春的消息
母亲才肯用手理理满头的白发
走到院中感受新的阳光和风

亲爱的蟋蟀　亲爱的喜鹊和燕子
我这年龄已不再轻易地爱
但我越来越爱你们
晨曦已经无法点亮我的眼睛
黄昏　我决定放弃流浪
带着怦怦跳动的心去见你们

故乡无雨

干巴巴的清明
干巴巴的谷雨
干巴巴的黄土地
纵横满脸的皱纹

盼不来一滴雨的故乡
枣树花稀稀拉拉
瘟疫使全村没留下一只报晓鸡
连当街那口老井也干瞪眼

比老井眼还瞪得大的是父亲
他把种子挑了又挑
把犁锄擦得锃亮
从春等到夏
从地望到天
也未能找回一片湿漉漉的云朵
站在地头　父亲

是火辣辣的太阳下
土地今春唯一举起的旗帜
导演不出新一茬绿色大合唱
他心里燃烧着十颗太阳

电视天天报晴
今天刮厄尔尼诺大风
明天卷拉尼娜热浪
只是父亲不明白这些"魔鬼"身后
还有什么"妖精"

他终于被自己聚积的火烧云压倒
屋外龙王庙前的锣鼓发烧
屋里躺在炕上的父亲发烧
额头搭块浸凉水的毛巾
父亲的呓语和醒时相同
哪儿去埋我的种子啊

亲爱的蒿草

亲爱的蒿草　迎风摇曳的蒿草
今春　你是田野的主宰
就像我挖卖矿石的乡亲
摇身一变　小车出入　革履西装

是麦苗返青拔节的时候
是春耕春种的时候
可我看不到嫩绿的麦苗
看不到拉犁耕田的牛

亲爱的蒿草　我远道而来
想在麦苗的绿浪里荡漾
想听种田的乡亲吼几声山歌
想跪下来恭恭敬敬磕头

我的乡亲进山挖矿石去了
他们无暇侍弄这些田地

年迈的老五叔守着村子
他总喃喃　矿石换的米面不耐饱

我只能支着僵直的腿看遍野的你
自生自灭的蒿草　自灭自生的蒿草
我的麦苗像你该多好
我的玉米高粱像你该多好

二梅婶子

像树上的野果被风刮掉
二梅婶子只得场感冒就死了

她够不上牺牲或就义之类
也就是当了半辈子寡妇
盖了十间瓦房
养大五个当农民的儿
还给他们娶了媳妇

感冒只能算阵小风
撩撩头发　翻翻衣襟罢了
可二梅婶子确系这阵风刮倒
鼻子发酸　到头晕
到高烧不退　到死
六天时间　五个儿轮番跑卫生所
吃药　输液　打针
还是没能挽回母亲性命

二梅婶子奄奄一息
五条儿嚎啕着打自己耳光

送葬那天　全村人都哭
他们看见棺材前
一股旋风不停打转
他们哭二梅婶子　也哭自己

岁 月

不是因为金黄的玉米
不是因为斑驳的老墙
不是因为脚下的青石板
不是

不是因为那身皂色衣裤
不是因为小脚上漂亮的鞋
不是因为头上裹着的蓝头巾
都不是

嘴紧闭着
什么也不说
什么也不需要说
让白发皱纹和老年斑去说
让深邃的目光去说

那根拐杖撑起的
玉米粒排好的
永恒岁月

娶 亲

哪家娃娶媳妇
都是全村的大喜
再忙的农活也得放下
歇一天

二十来户人家
家家有任务
东家做饭菜
西家待宾客
桌凳碗碟
你家他家借

百十来口人
各有各的事做
老人们安排指挥
年轻人跑腿
女人们布置的新房红红绿绿

小孩子点响的鞭炮一声声脆

他们也送礼钱
十块二十
就算帮个忙
他们也喝酒
三杯两盏
人人心里暖

典礼仪式上
别的程序可以省
新郎新娘给全村老幼鞠躬
什么时候也不能省

老农郑在民

实实在在从土地里长出来
他的皮肤没有油画里那么黑
皱纹没有那么深
眼睛也没有那么忧郁

五台县新河村老农郑在民
是四个孩子的父亲
大儿一岁时被黄豆卡喉咙里死了
二儿四岁时捉迷藏掉井里死了
三儿十一岁时下河游泳也被淹死

自己种的豆　自己挖的井
自己打水浇地的河啊
老郑扬起脖子灌了一瓶烧酒
大骂自己狗日的　啪啪抽自己耳光

酒醒后　他硬朗的身板

不得不深深弯下去咣咣叩头
向土地和远山　也向老天
一生种地　种啥收啥
老郑不能让自己种不成一苗人

老郑终于养大了第四个儿子
并花两万元给他买了个贵州媳妇
很快　他就用扛大四儿的肩膀扛着孙子
前村跑到后村跟大家炫耀

半年六个月儿子不来看望一下父母
老郑下地中暑晕倒地头
路过的儿子都不扶他一把
老伴做肿瘤手术住院
儿子也不来探望
老伴说　这儿子不如没有
老郑瞪眼　有他我就是爹你就是娘

麦子熟了

热风一来　麦子就熟了
金黄的麦浪把农妇的心思从天边涌到眼前

儿子今年高考
模考二百分的成绩怕是专科也上不了
她骂　一家子当农民的命
儿回她　我就当农民了

像你老子一样受罪吧

种了自家的地
又把别人家撂荒的地也种上
早出晚归　风里雨里
累弯腰的儿他老子病倒了
躺在炕上呻吟
眼看要收麦　却少了人手
收割机也迟迟不来

农妇心里翻卷着三十亩麦浪
她不停地擦额头的汗　不住地望天边
生怕远山后的黑云探出头来

金黄的麦穗宝宝向农妇摇头招手
面对这些可爱的孩子
她不知道笑好　还是哭好

她婶子

左邻右舍只有母亲和她说话
她婶子 我也这样叫时
她露出金牙咯咯笑

她的绣花鞋很漂亮
可有人指着她的背叫"破鞋"
我只记得她向母亲哭骂
远方的丈夫心狠
我记得她常给我吃糖果

唾沫水终于冲走了她婶子
我觉得我们这条巷子深得怕人

土香扑鼻

一个扎小辫的女孩从土坡上滑下
打个滚　蹭一身土
哈哈笑着爬起来　再上去滑

一个红脸蛋男孩从土坡上滚下来
一身土　像个土猴
爬起来哈哈笑　然后上去重来

流鼻涕的男孩　大眼睛的女孩
剪短发的女孩都从土坡滑下
都土猴似的哈哈笑　整个上午
他们开心地滑土坡玩

我站在旁边　哪也不想去
惬意地闻着扑鼻的土香

夜访长沟新村

七拐八弯的山路
是农民随手扔下的牵牛绳
我就被这条绳牵到
坐落城郊山顶的小村子

长沟村当然在沟里
长沟新村当然在山顶
在山顶就有了上帝　没有了牛羊
矮小的农舍围一座摩天的教堂
怎么看怎么像西装上衣配了双懒汉布鞋

我来自山下城市
打小在农村放牛
不曾想放丢了牛　自己也丢在城市
这个傍晚　来这里
就想找回牛和自己

夜色太重　我只找到了酒和星星
风被教堂的钟声裹挟着走远了
端菜的村姑一脸施舍的表情
月亮刚要跳入我的酒杯
就有高大的阴影挡回

回的时候　我学牛长长地"哞"叫了一声

红月亮

　都说　每位幸福的人
总有一颗属于自己的月亮
今天升起的这轮红月亮
我不敢独享
2014 年 12 月 2 日 17 时 54 分
属于我们全家
属于这个宁静的傍晚

谁铺开巨大的蓝色襁褓
不夹带尘世一丝云彩
谁把几颗星星缀上我的心幕
她们眼睛眨呀眨　在静静地等
谁剪断那根紧绷的风筝线
于是　我的红月亮高高升起来

我想起二十八年前那个早晨
一轮太阳从小山城喷薄而出

我站在环城河畔
阳光照得我暖洋洋

今天　我迎接的是这轮红月亮
站在高楼林立的大城市
我深陷月色中　不能自拔
我相信这轮红月亮
更相信明天升起来的太阳

欢乐草

这是一棵欢乐草
她总是保持纯真的笑容
展示与生俱来的欢乐

就像月亮总是向我微笑
她也总是眉开眼笑入睡
眉开眼笑醒来

花朵是快乐的
她比花朵舞姿美丽
小溪是快乐的
她比小溪歌声甜蜜

快乐地来到这个世界
快乐地面对所有时光
欢乐草　她就长在我的心里
她的欢乐点亮我的每一缕时光

浇 花

太阳总是以既定的高度和温度照耀大地
夏日的早晨　热烈的阳光让我无处遁形

孙女提着小桶开始浇院子里的花
她一趟一趟接水提水
一苗花一苗花依次浇
小小的额头汗水涔涔
花朵们纷纷抬头向她微笑
她浇完了院子里所有的花
又浇完了院子里所有的草
我阻拦也阻拦不住

她纯净的世界里开着花长着草
而我只摇曳一些世俗的花
这就是我和她五十多年的差距

这个时候　太阳更高了
偌大的院子里盛满金色的阳光
也盛满花香和草香

我渴望一场爱情

二〇一四年　我渴望爱和被爱
我向每一位女士深情微笑
丑的俊的年轻的年老的
我都给她们打电话发消息
给她们送玫瑰
甚至　我和所有见到的男人饮酒干杯
拥抱每一棵树　每一枝花
访问每一座山　每一条河
给所有到访的鸟雀朗诵情诗

我渴望接到女士送来秋波
耐心听她们的任何倾诉
渴望孩子们亲吻脸颊
亲切地叫我　爷爷
渴望握着所有人热烫的手
口称兄弟姐妹　互相祝福
渴望世间万物都向我招手

海洋　田野　山谷　持续回荡
我们爱你　我们爱你

等不了二月十四日情人节
等不了农历七月初七的七夕节
更等不了二〇一五年
我怕二〇一五年雾霾太多
影响我爱和被爱的情绪
也怕雨水太多
混淆了我激动的泪水
怕昏花的老眼看不清许多美丽的容颜
怕沙哑了的嗓子唱不成一句情歌
怕迟钝的嗅觉闻不出爱的馨香
怕老迈的步履走不进爱的殿堂
怕缺少了三百六十五个甜蜜的日日夜夜

我用心爱我所爱的人
更用心享受爱我的人的爱

这个早晨是他的

一个放声唱歌的民工
正从我家门前经过
他穿着绿色的棉袄
肩扛一把铁锹
边走边唱

这是一个滴水成冰的早晨
我能看见民工唱歌呵出的热气
他是去附近工地上工的
左手扶锹
右臂有节奏地甩动
扯着破锣嗓子
陶醉在他的歌里
他甚至没有扭头看我一眼

这个早晨是他的

农民工的语言

他们来自四面八方的农村
在我家楼下的地铁二号线工地
在附近的钢铁厂　或其他工地
为孩子挣学费　为父母挣医药费
也为心爱的妻子挣一套新衣裳

他们说话用铁锹和镐头　硬碰硬唇枪舌战
用推土机挖掘机搅拌机　一股脑道来
烈日下他们汗水淋漓　慷慨陈词
暴雨中他们抖一抖身上的泥水换口气
他们在懒散的我们还未起床或即将入睡时
已经开始或继续进行丁丁当当的诉说
他们挥动双手表达　甩开膀子陈词
他们在地下呼号　在地上呐喊

至于夜色浓重　三五成群聚到小酒馆
那自然是些放肆的酒话

叫嚷着要女老板陪喝酒
女老板自然会端着酒让他们出高价
这时候　他们就会轮番上厕所
在僻静的厕所用手机给妻子打电话
问问孩子和父母　再报个平安

再往后　他们摇摇晃晃回到出租屋
鼾声如雷前　都不忘把手机闹钟调到最响

他们说话乡音很重　散发着汗腥味儿
他们总是掷地有声　从不说空话
我们城市的高楼　道路　河道
都是他们创造的佳句名言

早晨四点钟

早晨四点钟　总有一辆三轮车
突突突突　把我叫醒
我断定它是三轮车
是到蔬菜批发市场拉菜的三轮车
它拼命突突　生怕我不醒

每天这个点　天色仍黑
它从我家楼下的大桥驶过
突突突突　是它疲惫的脚步声
抑或上气不接下气的咳嗽声

我睁开眼　未敢开灯
让我的妻儿再睡会儿吧
我翻个身　想着一天该办的事
默默掐算自己退休的年龄

天大亮的时候

我肯定在我工作的学校忙碌
而那辆载满新鲜蔬菜的三轮车
肯定停在集贸市场一角
被大妈大婶围得水泄不通

悬崖树

如果你鄙弃水的柔弱
那就拥有土的卑贱吧
如果你不能捡起花的忧伤
那就享受鸟的离愁
还有树的苦难

如果你这些都不能够
那就做一个在悬崖上
在石头缝里扎根的诗人吧
让风雨雷电扬起你的长发

孤独的诗人啊
你手指的方向
还是一座高高的石山

二〇〇九年　我只记得两件事

二〇〇九年　我只记得两件事
第一件是我搬进了新房
花去半生的积蓄
我终于有了一间
属于自己的高层楼房
不过　还添了二十万借款

十二月八日　住进新房的第一晚
爱人辗转难眠
嘴里反复念叨一句话
咱怎么能快点还上借的钱

第二件是十一月初那场大雪
几十年不遇
铺天盖地　尺把厚
一些房子被压塌　一些树被压断

深一脚　浅一脚
我找到一处高地望远
那张大大的白棉被下
是我们疲惫的家园

二〇〇九年　我就记得这两件事
其他的　连同我的一声长叹
都被不断袭来的寒流
吹得烟消云散

原来冬日的阳光也很温暖

午后　我长躺在故乡窑洞里
热热的土炕上
太阳透过玻璃窗
照在我身上　暖融融

我听到火炉里火苗噗噗跳动
我看到窗外果树干上
啄木鸟用长嘴
敲打着寻找蛀虫

躺在久违了的土炕上
我静静地享受
原来冬日的阳光也很温暖

这些年我一直生活在夏天

喝水　出汗　蜕皮
这些年夏天很嚣张

太阳火辣辣
云说聚就聚　电闪雷鸣
雨说下就下　如刀似剑
所有的树舒展四肢抖擞精神
花花草草铺天盖地
山山水水都要涨破了

狗张着血红大口
欲吞下所有日子
蝉鸣的唾沫水四溅
蚊蝇的直升机狂轰滥炸
连阴沟里的臭虫
都得意地摇头晃脑
该活的不该活的都活了

一把蒲扇掂个鼓圆的大肚子
从南到北不停地摇
膀子大腿肆无忌惮的裸露
把所有阴凉挥霍个尽
到处是沙哑的声音
到处是腥臭

我试图挣脱夏天的藤蔓
去南极或北极
渴望凝成冰雪
不知夏天施了什么魔咒
我动弹不得
我只能盼望一些暴风雨
享受一些暴风雨　我只能
无奈地大声呼唤

许多人这些年也都生活在夏天

这场春雨属于我们自己

今晨　我们走进一场春雨
不要缩头　不要打雨伞
让淅淅沥沥的雨洒在身上
洒在头上　往身体深处渗

整整一个冬季　干冷的日子里
我们感情缺了太多水分
西北风吹散了记忆的尘土
朋友们　我们甚至忘了彼此的名字

张开大嘴　让雨水直接洒入
那是一种入心入肺的清凉
那是一种入髓入魂的温情
来　把自己彻底交给这场春雨

在路上　我们向每一个人打招呼
拥抱每一棵道旁树　尤其那婀娜的柳
再抖抖身子　准备好发芽的姿势
这场春雨属于我们自己

关于幸福

关于幸福　我还能说什么
一壶薄酒足以让我微醺语乱
一碗粗茶饮下　我彻宵难眠

至于流淌的溪水　依旧叮咚
黄鹂鸟的叫声　依旧婉转
还有冬天在背风的墙根下
眯着眼　蹲着晒会儿太阳
还有黄昏时的情歌
春风般温暖的思念
还有花儿一样迷人的愿望

关于幸福　此刻
我躺在床上　一岁的孙女依偎在我怀里
头枕着我的胳膊　咿咿呀呀
说着只有我能够听懂的语言

我还能说什么　关于幸福

古庙少女

一位花季少女
跪在一尊泥塑佛像前
跪在一扇敞开的殿门外
跪在一座深深的古庙里

这是我来的时候看到的

她牛仔服饰
脸上没有花一样的笑容
双目紧闭 双手合十
一如神像旁打坐的出家老人

这是我走的时候看到的

迟开的桃花

叽叽喳喳的各色花儿
把整个春天挥霍个尽
就剩这一枝给你

桃花　一朵情深的女子
相思粉泪欲滴
在枝头守望晚归的哥哥

错过晨　错过春
不能错过山后那一声长长的吆喝
背褡裢的吆喝　让人心颤的吆喝

相约星光下的绽放
迟开的桃花　只给哥哥
哪怕结一枚酸涩的毛桃

途经五月

删去雪
删去风沙
我们走向绿草和鲜花

我们挥洒感情的雨水
滋润五月的日子
我们用心底的声音
芳香五月的土地
我们的血液在奔跑
我们的愿望刮着和煦的风

走出五月
我们发现
身上长满了叶
笑容的花朵比阳光更灿烂

从歌开始

春天来得迅猛
你表情之花开放
如叶的两臂尽情摇曳
我都来不及思想
是季节选择了你
还是你选择了季节

背对陶醉的目光
以及掌声之类

让江河涨潮
让声音打湿所有的心
你的角度正对春天

林中刮过风

看到了
听到了
所有的树用所有的掌
激动地拍个不停

这从春的深处发出的喜讯
我听到了
我看到了
我只颤栗了几下

突兀的巨石
其实是一句关于树和风的警句

爱 情

一
连电话都沉默不语
给对面的空座斟满酒
干一杯　铛——
房子在哆嗦

葡萄酒太淡
雨夜太长　太长

二
星星出来了
天气预报又错了
小曲编织好的毛衣
手自然拆不掉
只有靠时间

这岁月的老人

从落叶飘零
到风暴扬起长长的白须
都平静端坐

去堆一个雪人
和他打一场雪仗

春　雪

田野有复燃的火
春天了　却又下起雪

畏畏缩缩的雨
雨里夹几粒雪
雪里夹几滴雨
棉絮般的雪

有冬雪纷纷扬扬的气势
有春雨缠缠绵绵的情意

你不属于春天
你是冬天的使者
在你光临的一瞬
春天用热情将你溶解

雕像者

你放下斧凿
远远的蹲在那里
擦一擦眼镜
点上香烟　端详
雕像比你丰满

你在用时间和距离
挑剔　立面与线条的
每一次呼吸
你常常一蹲就是几小时
目光如刀
直至雕像用同样锋利的目光审视你

红 枣

踩一条绵绵的黄土路
我徜徉在故乡的枣林里

故乡太瘦了
长不出稻子麦子
只有枣树根很多很深很长
每夜都扎得我睡不好觉

枣花素素　枣儿红红
牵动一腔香甜的乡情
有骨有肉的启示够我咀嚼一辈子
枝叶间闪射的阳光够我迷恋一辈子

就把故乡熟透的寓言
用香香的米酒洒上
我等待一个醉人的日子

嬉

太阳是老鹰
我的身影是小鸡
它们围着我游戏

太阳从东出现
身影紧拽我的后襟躲向西
太阳追到西边
身影又藏向东去
太阳偷偷蹲到山后
抛来黑色的网
我的身影
在无力的挣扎中消失

五朵昙花

月圆之夜
我的三朵昙花开放
如窗外喷泉
爱人的惊喜持续一个梦
电话另一端大姐的唠叨
夹杂乡下二姐疲惫的哈欠

之前　还有一朵五月的弟弟
手舞足蹈的神汉和影子
把小猫吓得蜷缩成球
属于暗夜的弟弟
让昙花意味深长的弟弟

我是端茶杯的观赏者
其实我也在散发脉脉的昙花香

好　酒

一瓶烧酒　透明的玻璃瓶
从这面可以看见另一面
热上一壶　用麦秆嘬一口
热辣辣的　烧烤心肺

你就是这瓶烧酒
你陶醉张三的生活　温暖李四的心
更把自己泡在酒瓶里
看一朵花枯萎　看太阳西沉

别人夸你好酒
却不懂你的好心胸
别人看见你摇晃的人生
却看不见你扎在泥土里的根

你是一颗苦涩的石子　聪明的星
你泡在酒里不愿出来

是怕冷　彻骨的冷
怕大风把你抢走
因为母亲说过　你是大风的儿子

一盆肥皂泡

朋友总劝我倒掉这盆幻想
我却固执地把它收藏

它那么丰腴
不停眨神秘的眼

我放入自己的希望
认真洗浣

我捶　对着太阳
我搓　对着月亮

终于揉散了肥皂泡
盆里只剩下我的希望

我拧干希望里的水分
挂上铁丝　让它去晒太阳

枯　槐

一只脚踩在冬天
一只脚踩在春天
怎样的人生命题

夜的神杖栖息的鸟
黎明迎太阳而去
雪地上深深浅浅的蹄印
奔入年轮的卷轴
野性的长啸断裂处
岁月之河正在涌动

春风中半开半合的眼
数尽世上多少绿女红男
根依然伸向久远
把所有的冷暖与悲欢
沉淀为穿透一切的寒光
高举枯枝的利剑

让叶和花颤栗

生命的意义
在生命之后
才燃烧血红的火焰

拐　拐

再没有人骂他了
拐拐拄着拐　拖一条腿
开始在小区里捡卖废品

租他半间房的女人走了
进出他家房门没有了乱七八糟的人
只有拄着拐　拖一条腿的拐拐

租房女人也是个拐拐
是一朵有点残缺的花
这丝毫不妨碍她招引男人
来来往往的男人多了　左邻右舍嫌了
起初背着拐拐骂　后来当面骂
无论谁怎样骂　他都不还嘴
只是咧开嘴傻笑

捡卖废品　拐拐也走不远

就在附近几个宿舍区转
他衣服脏兮兮　两手漆黑
我经常碰见他拄着拐　拖一条腿
还拖一捆捡来的硬纸片

我发现他不抬眼看人了
骂过他的　没骂他的
他都不抬眼看　更不和谁打招呼
他只在垃圾桶里翻弄和寻找
有一次我见他整理废品
顺手帮了帮他
他也没有句感谢的话

漂 流

嘈杂和清静就隔着一座山
我和你就隔着一壶酒

生活总是把我们拍到水底
又漂到水面戏弄
我们十一个兄弟被岁月冲到河边
成了水里淘出来的石子

搏击狂澜的惊险
随波逐流的悠闲
丢了的船桨就无须再找了
这比我们几十年的生活更真实

且把进了水的思想凉在山间的灌木上
我们光着身子凉在岩石上
看世间的鱼在水里游或者飞
温暖的石头　清脆的鸟叫

多么像十一个兄弟的情感

鱼钓上钓不上吧
渔翁之意不在鱼也

拎个心来

三嫂　看到您的事迹就想起我母亲

她和您都生于一九二七年

您父亲开店卖家具

她父亲挑担卖瓦罐

您一生只做两件事清洁和做饭

她除了下地劳动也在家清洁做饭

我母亲给我们清洁做饭

她注定只在我们视野里

您为香港大学男生宿舍的学生清洁做饭

您的孩子就遍布香港乃至世界

让我四十年清洁做饭我会烦

会牢骚满腹会撂挑子

您拎出个心来清洁做饭

拎出个心来温暖服务每个学生

您劝正恋爱的学生珍惜眼前人

劝苦闷的学生忘掉不开心的事
这简单的道理都是天下妈妈说给孩子的话

当您戴上象征院士身份的礼帽
我仿佛看到您惶恐的表情
其实您不必惶恐
不必因为自己是个普通人
不必因为自己大字不识几个
且不说手捧的香港大学终身荣誉院士的证书
这个世界本就是一所大学
您始终怀着的一颗平凡的心
就是一本不平凡的证书

我老幻想着干一番惊天动地的大事业
对手上的事不屑更多努力
您让我明白不老实的狂风吹遍天下
还是风　最终无影无踪

三嫂　我为您点赞
为香港大学的取向和胆识点赞
也为我的母亲点赞
请您的在天之灵原谅我私心
因为我的母亲甘于平凡

一生拎出个心来待我们

注：袁苏妹，人称三嫂。40年在香港大学为学生扫地、做饭，被授予香港大学终身荣誉院士称号。2017年11月逝世。

晒 秋

其实就是给风一些甜蜜
给太阳一些甜蜜

把封锁我们内心的硬皮去掉
晒晒儿子说上的漂亮媳妇
晒晒卖了麦子的两万块
晒晒闺女考上省城大学的好成绩
让生活的绳子把一天天串起来
让太阳把雨天趔趄的身子扶正
把山里犄角旮旯的发霉味儿驱散

秋天需要树林证明
树林需要一串串的红柿子证明
而我只是舔一舔嘴唇就证明
从头到脚连每一根毛发都甜丝丝

聆听钢铁

与钢厂比邻而居
每天沉浸在钢铁的鸣奏中
主旋律肯定是炉火的高音
轧机的合唱
高昂地呼啸着
有节奏地轰鸣着
……

褚老师的哭泣

褚老师哭得好伤心
她的身体在颤抖
她所在的学校也在颤抖

刘明亮已不再明亮
他从八楼一跃而下
化成了一只自由的鸟

褚老师不相信
头顶的蓝天也不相信
就因为那节课没收了刘明亮的手机
他就跳楼而去
她多次劝刘明亮上课不要玩手机
却只刮过一阵耳旁风
那风根本吹不进他心里

褚老师哭着用拳头捶打校园里的老柳

同事们轮番安慰她
杜校长也出来力挺
可比起家长摆到校门口的花圈
比起楼下那摊鲜血
一切都苍白无力

褚老师的哭泣苍白无力
杜校长的力挺苍白无力
这个季节的绿草和鲜花也苍白无力

注：屡屡听说学生因教师管教寻死之事，褚老师学生跳楼是我所在学校附近一所初中发生的事。

边跑步边哭泣的孩子

早晨　在学校操场上
我看见一个边跑步边哭泣的孩子

操场上跑步的孩子很多
只有他跑得最卖力　最快
他跑着哭着　甚至哭出了声
大家都诧异地看他

我猜想他是受了什么委屈
或是遇到什么不幸的事
我喊他停住
想问问他原因　好安慰和帮助
可他没听见一样　照旧跑着哭着

他就这么飞快地跑着
一圈一圈地跑着
一圈一圈地哭着

任眼泪啪啪洒落跑道上

我呆呆地站在操场边上
忽然　觉得他的哭声很动听

杏　林

比起教室里一张张苦苦思索的脸
比起那些伏案书写的学子形象
我更喜欢他们操场上踢球的身影
你攻我守　满脸是汗
一脚大球开出去　大家争先去抢
这更接近严酷的生活
更有十六七岁的朝气

比起捧一本杂志读一些诗人的胡言乱语
比起在桃红柳绿前驻足
我更喜欢在校园的杏林里漫步
此时　青杏一串一串压弯了枝
直起腰的瞬间杏就纷纷抚摸你的头
五月的风吹过来　不凉不热
有一股你无法拒绝的清新味儿

茴香豆滋味

我买了一袋茴香豆
还想买一斤酱牛肉
却没有
我嚼着干硬的茴香豆
喝一口杏花村的汾酒
忽然发现　长衫穿不上
茴字的四种写法也不会

跌跌撞撞　聚聚散散
一如校园里的荒草生生灭灭
只能把肆意的鸟叫当作琅琅的读书声

照照镜子
须发蓬乱　青白脸色
皱纹里夹些伤痕

再往嘴里放一颗干硬的茴香豆

再喝一口火辣辣的汾酒　站着

多乎哉　不多也

我已听不到任何刺耳的笑声

沉浸在童声里

绕过那棵合欢树
就是孩子们的叫喊和欢笑了
我放下手捧的书　站到窗前
便被一波一波活蹦乱跳的浪花淹没

我也常在教室里听课　在孩子们中间
拿着笔和本　端坐在凳子上
审判官似的盯着老师
孩子们泉水一样的朗读　鸟儿一样的歌声
竟然没能打湿我

这是秋日的午后　我站在窗前
隔着黄叶横秋的合欢树
那一片欢腾的童声　从生命深处传来
让我颤栗得也像一个孩子

太阳已经很斜了

剩余的阳光照在浮云上
拉开岁月的距离之后
我就这样沉浸在属于我的童声里

万平兄

他们叽叽喳喳叫我　万平兄
我就答应了　其实
我该是他们的父亲

上课　他们和我争得面红耳赤
直到我理屈词穷
下课　他们拿雪球追打我
让我无处躲藏
他们抢吃我的巧克力糖
学我的腔调说话

他们叽叽喳喳叫我
我也叽叽喳喳开他们的玩笑
万平兄　他们叫对了
我把他们比作一群麻雀
而我应该是那群麻雀中的老麻雀

备 课

课间活动时　不知
哪个学生敲了一下我的窗户
我到窗前查看时
人早跑得无影无踪

这一声调皮的敲击
让专心备课的我打了个激灵
我便把这一声敲击
工工整整写进了备课本

记住一个叫贾生旺的人

在校园里的一棵桑树下
我捡了一把熟透落地的桑椹
一位颤巍巍的老校工
郑重提醒我
吃这棵树上的桑椹
要记住一个叫贾生旺的人
贾生旺十年前挖坑栽下这棵树
七年前他骑车外出
神秘失踪　叮嘱我时
老校工仰头深情地望着桑树

贾生旺　陌生的名字
我不知道他长什么模样
更不知道他的身世和脾性
我只能看他的桑树在风中摇头展示
满树紫红色的桑椹
只能品尝他甘甜的桑椹

又有一群孩子向桑树走来
我学着老校工庄严的口吻
大声告诉他们
吃这棵树上的桑椹
要记住一个叫贾生旺的人

注：贾生旺是一名体育教师，莫名其妙失踪了。他为人忠厚，以诗记之。

背起地震废墟上那个书包

魏格纳的板块漂移说
从地理课本里漂出来　撞碎了
五月十二日十四时十八分的太阳
我看到几双可怖的绿眼睛
在震裂的地缝中忽闪
我听到祥林嫂凄惨的叫声
从书包里传出
我的阿毛啊　我的阿毛

我要背起废墟上那个书包

我必须在沉重中
感受牛顿的万有引力
我必须从历史书上
读懂长城的曲曲折折
我还要从化学分子的发散中
嗅出五月的花香

我还要含着眼泪
唱一支《小儿郎》

我要背起废墟上那个书包

我用除法分解失去同胞的痛苦
我用乘法壮大擎天的力量
我用加法汇聚十三亿人
和七大洲四大洋的爱心
我用减法
减去书包里书本笔墨之外
不应有的分量

那些冤死的孩子
都是我的孩子啊
我背起他们 从书包上
掂量生命的脆弱和坚强

课文《七根火柴》

用童声齐读一篇潮湿的课文
孩子的眼睛便湿漉漉
期盼长征路上的七根火柴划燃

一会儿阴雨　一会儿风雪
那支穿瓦灰色衣服的军队
从暗夜出发　由南向北艰难蜿蜒进课本
草地踢球该多好
雪山滑雪该多好
树皮草根的苦涩滋味
陌生了阳光下的孩子们

那位年轻的无名叔叔
生命像头上戴的红五星耀眼
凄风泥水却淹没了他飘香的年龄
他留给部队的七根火柴
将自己燃成火把

映红茫茫荒原
映红孩子们胖乎乎的小脸

火把很旺很旺
孩子们合上书本
浑身仍觉得暖洋洋

生活中七根火柴只能是物质
熊熊的七炉火　或七支明亮的蜡
而课本里的七根火柴
就成为燃烧的生命和理想

只修了半截的少年宫

只修了半截的少年宫
蜷缩在城市一角
像画家张乐平笔下解放前的三毛
瘦骨嶙峋
眼巴巴望对面富豪大酒店
腆着大肚子吐满口酒气

市长亲自挖土奠基时的讲话
一年一年　越飘越远
四周疯长的歌城宾馆
也没能围住激昂的回音
只长了半截便不再长的少年宫
成了麻雀的乐园

脚手架身材比稻草人高大
愣是吓不走麻雀
看工地的李老头穿身警服

也呵不退偷建筑材料的毛贼

起初过路人还议论原因
骂市长不算话
骂半截子工程劳民伤财
后来渐渐没了声息
这些都是庸人
贵人们酒店出来进歌城
顾不得议论那些琐事

十年了　半截子少年宫
还是半截子　斑驳的墙体摇摇欲塌
当年奠基仪式敲鼓吹号的少年
已长成青年
从小学升入中学　升入大学
少年宫真成了解放前可怜兮兮的三毛

忽有一天传来消息
半截子少年宫要推倒重建
麻雀们惊恐得喳喳乱叫
看工地的李老头一个劲长叹

小萝卜头
——《红岩魂展》观感

你不该成为头大身小的萝卜头
凭你崭新的啼哭
凭你那双一尘未染的眼睛
你该听优美的摇篮曲
尽情享受阳光亲吻
你该躺在亲人怀抱
让大家开心逗乐
你该吮吸甜美的乳汁
该自由舞蹈胖乎乎的手脚

可残忍的高墙
却将沉重的阴影压在你的身上
冰冷的大铁锁锁住了
你只有八个月的生命

小萝卜头

没有歌乐的歌乐山

绿了黄　黄了绿

你吃着黑牢里的半饱粗饭

在枪声和狼嚎中成长

先烈的热血

豪壮的囚歌

无情的牢笼

刽子手的狰狞

在你幼小的心中埋下爱憎之种

你天天去黄伯伯的牢房

读书写字

你以战士的机警

给受难的革命者传送情报

你恨不能卡死所有的坏蛋

揪断罪恶的镣铐

小萝卜头

父亲给你取名宋振中

把一个伟大的希望寄托于你

多少次凝望高墙外的群山

聆听蓝天撒下鸟鸣

你渴望敌人手里的刀枪

也长出绿叶红花

你把那只漂亮的蝴蝶

当作火焰放飞

去点燃一个美丽的早晨

而鲜红的太阳升起之时

八岁的你

却惨死在穷凶极恶者刀下

这让世人切齿的暴行

这叫天地心寒的

一九四九年九月六日

小萝卜头

站在展览大厅里

我的心重似铁　凉如冰

你嶙峋的肋骨

如柴的肢体

还有歌乐山上的血与火

催促我　我们

百倍地珍惜生活

千倍地正视人生

聆听钢铁

与钢厂比邻而居
每天沉浸在钢铁的鸣奏中

主旋律肯定是炉火的高音
轧机的合唱
高昂地呼啸着
有节奏地轰鸣着
最响亮的自然是汽笛
嘹亮的汽笛每一声都是号角

每天我就是枕着钢铁的交响入睡的
以致回到山村老家
安静得只有几声零散的鸡鸣狗吠
我彻底失眠了

有一次我看见钢厂的兄弟抬氧气瓶
他们嗨哟嗨哟喊着号子

那也是钢铁的声音啊
动听极了
我真想和他们一起嗨哟

骨节间发出钢铁的声响

在一处铁路道口　我看到
一列火车从我的钢厂驶出
四十五节车皮
整齐装载着成卷的不锈钢
面对眼前一一闪过的不锈钢卷
我庄严地注视着
这些出发远征的孩子们
我想用我的衣袖
为他们拂拭身上的灰尘
尽管他们并不带一丝灰尘

仿佛站在天安门城楼
我就是威武的将军
用自豪的目光检阅我的部队
用心感受他们铿锵的脚步和力量

列车远去　回头远望我的钢厂

高炉耸立　生机盎然
我向钢厂挥挥手
让骨节间发出钢铁的声响

炉前工

站在炼钢炉前
你就走进一个神话故事

滚滚的热浪给了故事的温度
火光映红了故事的感情
火星闪烁故事的思想
而你　早被钢水沸腾进故事的情节中
日复一日　年复一年
开端发展高潮都不少
结局是你成了一块补天的钢

我看到
女娲用鳌足撑起的天
炼五彩石补好的天
飞扬着你笑容的霞光

钢厂工人

最近　钢厂工人的朋友圈
都在传港珠澳大桥通车的新闻
好像是他们家的桥通车了
那一年神舟飞船上天
他们也是争先在朋友圈晒
我知道
那是因为这些工程用了他们的特种钢
可是我们平常用的锅碗瓢勺
好多都是用的他们的不锈钢制作
他们却熟视无睹

我只能说
这些钢厂的工人眼光太远
远达五湖四海
这些钢厂的工人心气太高
高到了九霄云外

每天路过钢厂

去我工作的单位要路过炼钢厂
其实　就是要穿过炉火
穿过钢铁

每天　我从高炉经过
再绕过轧钢车间
完成了从熔化到聚合
到轧制成型的工序

路上　经常遇到戴安全帽
穿天蓝色工作服的工人
遇到运输钢铁的小火车

多么快乐的冶炼和锻造
我直接的收获是
眼睛能冒火光
额头也比以前更明亮了

用我们的手撕钢做一张贺卡

我想用我们的手撕钢

做一张贺卡献给我的祖国

用我们的笔尖钢制造的笔

写上百炼成钢的履历

一千七八百度的熬炼

千百次的碾压

数万次的实验

所有的艰难困苦灰飞烟灭之后

零点二毫米的厚度

凝结着共和国七十年的刚强

再画一颗火红的太阳吧

你的经历就是你的价值

你的胸襟就是你的热和光

面对炉火

面对那一滴沸腾的太阳之血
我的思绪骤然升温
火苗跳动成红头发
宣泄呼啸的情感

是燧人氏钻木蹦出的火星
一路燎原而来
敲击犁锄刀枪钟鼎
历史凝炼为沉重的回响
叫我们手中的钢钎时刻不敢放松
黏汗总是把火热的追求紧贴在身上

我们的炉火曾经高烧
那热浪冲得我们站不稳脚
撤去过多的热风
调整火色之后

此刻　炉火正红

岩石蕴蓄了几千年的激情
熔解然后凝固
成为时代的神圣筋骨
炉火用血色
把我们描绘成钢城最动人的肖像
在新世纪的展厅里
我们将以钢与火的品质感动来者

拾废铁的老工人速写

以拾穗者的姿势
与大地构成虔诚的角度
那身退色了的工作服
白成你多半截人生
朴实无华
手与膝构成一个坚强的支点

这捡拾的动作
我们见过很多
它是我们遗传了
千年万年的传统

这些年人们生活
打着饱嗝
已习惯于大手抛撒
已不愿诚恳地弯腰
你选择了这样一个姿势

回收被锈蚀的品格
那专注的神情
令我想起米勒油画中
几位拾穗的女人

你是另一幅名画

请到钢城来

如果有什么失意与烦躁
那请来钢城做一次洗礼
别坐车别骑车走慢步最好
这里的世界一点不模糊

机声隆隆是进行曲
纵横的铁路是坚韧的筋
烟囱高竖起生命的鼓槌
钢水流泻便有热乎乎的感情扑面

你会遇上工作服和安全帽这钢城特殊的风景
不论年龄大小不论男女性别
你都得把他们当警句读
最好写在你那张白纸上

别再说《命运交响曲》听不下去
别再叹咖啡杯里有人生
听　每一声汽笛都是一种呼唤
每一根管道都有热血奔涌

钢　花

她们是钢花开在火热的土壤
沸腾的钢水使她们总不能平静
脱去劳累着一身流行色抹些胭脂更好
钢城盛兴时装表演
走几个模特步何妨让花裙子飘起来
台上台下都是表演
做一个造型展示一个侧影
侧影是正影的最佳补充

生活很沉重
有八小时的分量有老小有锅碗瓢勺
请和风吹落那层尘埃
把紧扎的黑头发放开流荡轻松

她们也发牢骚也叫好累好累
等重新走上工作台启动机器
她们仍然是开在火热土壤上的钢花
她们没有枯萎的时候她们四季都俏丽

钢城锣鼓队

几千年的蛰伏太久了太久了
直起腰挥起臂我们擂大鼓
沉闷的声音传了一个又一个世纪
唯有今天才洪亮才雄壮

开天辟地的盘古炼石补天的女娲
我们是他们的后代是铁汉子
我们熔化落后贫穷浇铸新太阳
用大鼓抖精神读宣言

我们变换节奏为钢城催征
我们上北京在亚运会上逞威风
把隆起的三角肌裸露给世界
让鼓点激起太平洋的浪花世界刮黄肤色旋风

我们一代一代属于火属于钢铁
共和国需要钢筋铁骨需要熔炉中的热情
我们拍大镲擂大鼓我们大声吼
那响声从现实这儿到历史那儿形成回音

集 资

不知什么时候钢城得了怪病
红光满面可吃进去的消化不成养分
红灯亮了钢城告急
有气无力的钢城严重缺氧缺血

十万双焦虑的眼睛在祈祷
十万双健壮的胳膊举起了责任
钢城是万能输血不避什么 A 型 B 型
只要是热血只要是热血

永远不会冷却熔炉中的恒温
永远不会停止为儿女的喘息
走得太急负荷太重了
钢城需要补足能量增强内脏机能

一块块的爱在迅速融化　凝结
无数的热流在钢城的躯体聚合
不能没有钢性就这样风雨兼程
钢城正以钢的名义跨向新的世纪

认识李双良

越过电视照片和文章
握你的手
感受原本的宽厚和力量
才算真正的认识

无需典型化
无需剪接
也无需添枝加叶
这双黄肤色大手
从古老的寓言中伸出
成为猎猎的旗帜
招展世界

是那一碗苦涩的陈酒
火烈了你一生
炼就了钢铁汉子特有的责任
没奢想天帝

没奢想夸娥氏二子

俯下身子

挥这一双手足够

你搬走的岂止是渣山

最珍贵的荣誉

总是来自意料之外

一下子让我们的眼睛明亮

握你的手

摩挲满掌的茧子

你掌心的温度穿透我的灵魂

注:李双良,太钢老劳模,被联合国授予保护及改善环境"全球 500 佳"金质奖章。

钢铁是怎样炼成的

这确实是一个严肃的课题
从采集阳光开始
连同血肉骨骼
凝成一体铛铛响
沉睡也许长了些
被巨响唤醒的刹那间
你惊喜得顾不得揉揉双眼
不是所有的愿望
都能走出阴暗的隧道
跃入通红的炉膛
你愉快地唱歌跳舞
躯体化作水
火的灵魂由此涅槃

冷静的时候
你会觉得太简单太简单
回答这样的问题

花费毕生的经历
也不见得圆满
那位全身瘫痪的苏联作家
是用自己的生命
写下一段永不腐烂的人生名言

咱们工人有力量

作为一句歌词
听它须从无可抗拒的季风听起
须从拉纤的号子听起
唱它须从头到脚
张开每一个毛孔
颤动每一根经脉和血管

咱们工人有力量
岂止是叮当轰隆的回响
岂止是高楼大厦　铁路煤矿的雄壮
宽厚的膀子雕塑出整整一个阶级

这力量积蓄了五千年
商鼎秦砖是证明
汉纸明船是证明
唐瓷宋丝是证明
是的　曾有很长很长的老藤

死死地缠住我们

憋足气

一声"哎嗨"挣脱它

又是一次有力的证明

我记起两位德国大胡子伟人的宣言

我们失去的只是锁链

得到的将是整个世界

站在沸腾的钢炉前

我们拭去锈迹的思想

以从未有过的成熟

光芒四射

我们选择国徽上少不了的齿轮

滚动地球

选择党旗上那把金色的锤子

敲响新世纪的太阳

那时候世界真的变了样

那句歌词也更加充实辉煌

重返钢厂

那褐色的钢锭

就是你　老哥

你滔滔不绝地说话

说你十八岁刚进厂时

屁股上挨师傅一脚

说你在炉前一气喝下三大碗米汤

说你擦汗的毛巾拧出半盆汗水

说你披着湿棉被

高温下抢修炉膛

老哥　今天你又回到钢厂

回到这片热土

回到你抡了三十年钢钎的炉前

现代化的流水生产线

在你的后辈手指下运转

红白的按钮跳动

屏幕上数字闪动

你摇摇头　然后竖起大拇指
从陌生到赞叹
跨过的岂止是分秒时间

你身体还是那样结实
鸟啾花香溢满退休生活
你却忘不了回钢厂看看
钢厂越来越陌生
生活越来越陌生
不陌生的只有炉中的火色
只有整齐排列的钢锭

老哥　你抚摩钢锭时
钢锭也在抚摩你
你的形象　性情
你的火烫的心　老哥

献给李双良

每每提起你
我握笔的手总在颤抖
我平静的胸膛又涌起感情之潮
我滚烫的歌喉蹦跳着万语千言

你有一双点石成金的大手
你有一副让人信任的身板
那张只会讲实话的嘴
那双真诚的眼
那张风雨雕琢的脸
谁都感到亲善

当有人还在发泄无端的牢骚时
当有人还在迷惘中找不到支点时
你嚼碎旧的凄苦新的冤屈
熔炉中炼出钢铁汉子特有的责任感
二十三米高的渣山像是压在你的身上

弥漫的渣尘像是罩在你的心上
你开始挖山了
凭的是残年余力
靠的是共产党人永远不灭的信念

双手就是条件
劳动就是奇迹
工地上你每天第一个到又最后一个走
身后有许多肝胆相照的伙伴
你是文学家
一篇续写的寓言叫五洲注目
你是园艺家
一盆盆景让四海惊叹
大家送你一个古老的名字——愚公
世界给你"五百佳"的称赞
有总书记的题词
有一只只高竖的拇指
你却只有两句话
　"我靠的是大家""我很平凡"
呵　两句来自肺腑的至理名言

李双良　多少次我默念你的名字
我想共和国犹如大厦

我们应该像你去做砖和瓦
那些追名逐利者
那些苟且偷安者
还有那些为了私利丧失原则的党员
请不要空喊学习的口号
要学应先学双良山泉般清澈的为人
要学应先学双良春蚕般吐丝的奉献
人世间日复一日星移斗迁
千载不老的只有巍巍的青山

李双良　你有过"智叟"的善意规劝
甚至听过"名利双收"的流言
你那舒展的笑脸告诉我
你心里是实实在在的坦然
你没向国家索取一分利
你却为人民擦亮了一方蓝天
李双良　请把我平实的诗句献给你
你是我们心中一尊不朽的雕像